KB159887

달리기의 힘

달리기의 힘
내가 달린 길, 나를 만든 길

1판1쇄 인쇄일 2022년 11월 1일
1판1쇄 출간일 2022년 11월 10일

지은이 김준형
펴낸이 서정예
펴낸곳 굿모닝북스

등록 제2002-27호
주소 (10364) 경기도 고양시 일산동구 호수로 672 804호
전화 031-819-2569
FAX 031-819-2568
e-mail goodbook2002@daum.net

가격 14,800원
ISBN 978-89-91378-38-4   03810

달리기의 힘

김준형 지음

내가 달린 길, 나를 만든 길

굿모닝
북스

차례

호모 큐로스, 가슴이 뛰게 하라

눈이 부시게 푸르른 하늘, 양탄자처럼 부드러운 시골 흙길, 머리칼을 뒤로 쓸어 넘기는 살랑바람. 이런 것들을 떠올리면 심장이 콩닥콩닥 당장이라도 달려 나가고 싶어진다. 가슴이 진동하기 시작하면 다리는 저절로 충직하게 제 할 일을 하게 된다.

달리기는 다리가 아니라 가슴으로 하는 것이다. 두 발보다 먼저 심장이 뛰어야 한다.

언제부터 달렸는지, 왜 달렸는지는 딱히 끄집어낼 수 없다. 지독히도 눈이 많이 내렸던 어느날 새벽, 인적도 사라지고 자동차 한 대 다니지 않는 거리를 따라 독립문 집에서 과천까지 하염없이 달려갔던 잔상이 남아 있을 뿐이다. 택시도 끊겨 회사에서 집까지 걸어와서는 다시 밖으로 뛰쳐나갔다. 어디라도 끝까지 달려보고 싶었다. 과천으로 넘어가는 남태령 고개를 넘을 땐 눈보라치는 신새벽에 웬 미친놈인가 싶었던지 순찰차가 한참을 뒤따라오며 지켜봤다.

20세기가 끝나가던 그 무렵 나는 크고 오래 된 신문사를 제 발로 나와 '리얼타임 인터넷 미디어'라는 새로운 실험 속에 몸 담고 있었다. 기자 취급 제대로 받지 못하면서도 새벽부터 밤늦 도록 손가락 마디에서 연기 날 정도로 자판을 두드리고 사람들 을 만났다. 불확실성의 시절이었고 질풍노도의 시기이기도 했 다. 터질 듯한 에너지의 분출구이자 불안감의 탈출구가 달리기 였다. 말 그대로 '발로 뛰는 기자'가 됐다.

달리다 보니 길 위엔 나뿐만이 아니었다. IMF 외환위기로 직 장을 잃고 재산을 날리고 가정이 해체돼 길거리로 나앉는 아 픔을 겪은 사람들이 말 그대로 길 위로 몰려 나왔다. 우리나라 아마추어 마라톤이 불꽃처럼 융성한 시기가 1990년대 말부터 2000년대 초였던 것은 우연이 아니다. 어떤 일이든 건강이 뒷받 침돼야 버텨낼 수 있다. 버티다 보면 할 수 있다. 강자가 버텨내 는 게 아니라 버텨낸 사람이 강자라는 건 어디서든 진리다.

사회에 첫 발을 내딛은 이후 30년간 줄곧 기자로 일했다. 그 중 20여 년은 달리기와 함께 했다. 달리면서 짬짬이 달리기에 관한 글을 써 왔다. 길 위로 나설 설레임을 유지하기 위해서였다.

글쓰기가 밥벌이였다면 달리기는 밥벌이를 가능케 한 육체와 정신의 버팀목이었다. 달리기가 글쓰기의 버팀목이 됐듯 글쓰기는 달리기의 끈을 놓지 않게 하는 힘이 됐다.

밥벌이와 취미의 교집합이 나에게는 달리기에 관한 글쓰기다. 그래서 본업은 경제 기사를 다루는 기자였지만 달리기를 주제로 한 글을 쓸 때 더 즐거웠다. 더 멀리 더 빨리 달리고, 새로운 길을 달릴 때, 그리고 좋은 사람과 같이 달릴 때가 행복했다.

그런 즐거움을 널리 퍼뜨리고 싶은 게 달리기를 하는 사람들이 공통적으로 몸속에 지니고 있는 바이러스다. 그 바이러스를 자판 위에 늘어놓은 게 이 책에 담긴 글이다. 왜 달리냐, 달리면 기분이 어떠냐, 달릴 때 무슨 생각을 하느냐, 힘들지 않느냐, 무릎 나가지 않느냐, 어디가 달리기 좋으냐…… 주위 사람들에게 늘 듣는 질문들, 나 스스로도 수없이 되물었던 질문들에 대한 답이다.

글을 쓰는 순간에도, 혹은 전에 썼던 글을 다시 읽어 볼 때도 다리 근육이 팽팽해진다. 내 글을 읽고 '나도 달리고 싶었다'거나 실제로 달리기 시작했다는 말을 들을 땐 내 마음도 뿌듯해지곤 했다. 몇 명이라도, 아니 단 한 명이라도 이 책을 읽고 허벅지가 움찔한다면 글을 쓴 게 부질없는 일은 아닐 것이다.(선배 언론인 한 분이 이 책의 출간 작업 중 원고를 읽고 자극받아 '100일간 매일 달리기'를 완수했다. 이미 출간의 목표는 달성한 거나 다름없다.)

이 책은 '잘 달리는' 방법을 알려주기 위한 교본이나 입문서 같은 게 아니다. 내겐 그럴 능력이 없다. 달리기 고수의 화려한 달리기 경험담도 아니다. 나는 진짜 달리기 고수들 앞에선 명함도 내밀기 힘든 수준의 아마추어다.

중요한 건 '잘' 달리는 게 아니다. 달리면 그때까지 길에서 무심하게 지나쳤던 것들이 보이고, 이런저런 일들을 겪게 되고, 여러 가지 생각들을 하게 되고, 육체의 변화를 경험하게 된다는 것을 20년 이상 달려온 아마추어 러너로서 공유하고 싶은 것이다. 달리기는 나와 거리가 먼 것이라는 생각을 갖고 있다가도 읽다 보면 가슴이 움직이고 다리가 뒤따르고, 5km를, 10km를 뛰게 되고, 그렇게 세월이 쌓이면 풀코스 마라톤을 완주하는 스스로를 발견할 수 있게 되기를 바란다. 이미 달리고 있는 분들이라면 바로 내 이야기라는 공감의 희열을 느낄 수 있을 거라고 생각한다.

어떤 이들은 이젠 달리기엔 너무 나이가 들었다고 말한다. 젊은 후배들은 달리기는 아재, 아짐, 꼰대들이 하는 거지, 할 거 많은데 왜 그리 힘들게 뛰느냐고 한다. 아니다.

체력 절정기인 20대는 달리기를 시작하기에 가장 좋은 나이다.

직장이나 가정생활이 정착기에 들어선 30대는 달리기에 너무나 좋은 나이다.

인생에서 가장 활동력이 왕성한 40대는 달리기에 딱 좋은 나이다.

사회적 지위와 기반을 어느 정도 닦은 50대는 달리기에 매우 좋은 나이다.

가족과 사회에 진 의무에서 벗어나는 60대는 달리기에 정말로 좋은 나이다.

누구의 눈치도 보지 않고 인생을 즐길 수 있는 70대는 달리기에 환상인 나이다.

80대 이상은 달릴 수만 있으면 행복한 나이다.

나는 30대가 돼서야 달리기 시작했다. 10년 더 일찍 시작했으면 삶이 조금은 더 풍족했을지 모른다. 좋은 친구는 빨리 만날수록 도움이 된다. 조지 쉬언, 딘 카르나제, 베른트 하인리히, 무라카미 하루키에 이르기까지 장거리 달리기에 '도'가 튼 사람들이 하나같이 육체적 능력보다 '정신'을 강조하는 이유를 이제야 어렴풋이나마 이해할 수 있을 것 같다.

달리기는 '길에서 길(道)을 찾는 의식'이다. "I am what I eat." 내가 먹는 것이 곧 나를 규정하고 나를 만든다고들 한다. "I am what I run." 러너에게는 내가 달린 길이 곧 나다.

써놓은 글들을 다시 묶기 시작했을 즈음 발목 피로골절로 수술을 해야 했다. 그럴 줄 알았다, 이제 그만 뛰라는 표정의 주변 사람들에겐 "뭐라도 하나 똑 부러지게 해 봐야 할 거 아니우"라고 웃으며 대꾸했다. 달리지 못한 몇 달 동안 체중이 불고 운동능력도 떨어졌다. 몸도 몸이지만 평생 친구와 떨어져 있는 듯한 허전함이 더했다.

이제 부러진 뼈도 붙었고 다시 달리고 있다.

물론 세월이 갈수록 속도를 줄여야 할 것이다. 거리도 점점 줄어들 것이다. 어디가 또 부러질지도 모른다. 언젠간 두 다리가 더 이상 육신을 지탱하지 못하게 되는 날도 맞을 것이다. 그때는 가슴으로, 심장으로 달릴 것이다.

삶의 굴곡이 있을 때마다 달리기는 늘 힘과 즐거움을 주는 친구가 됐다. 인생 마지막 순간까지 그럴 것이다.

하루도 못가 꺼지는 밥심에 비교할 바가 아닌, 평생 가는 인생 버팀목. 그게 달심(달리기의 힘)이다.

나는 달린다, 고로 존재한다. Curro Ergo Sum!

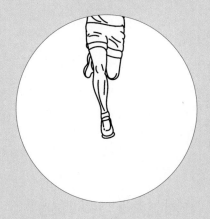

Part 1

100일주,
달리기도
습관이 됩니다

코로나19가 의미하는 것은

익숙한 것들과의 이별이었다.

20년 넘게 달려오면서

언제든 마음만 먹으면 뛸 수 있던

마라톤, 철인 3종, 울트라런,

트레일런 대회가 모두 사라졌다.

혼자서라도 뭔가는 해야 했다.

1

100일간 매일 10km씩 달렸더니

명색이 러너라면 한 달에 200km, 1년에 최소 2000km 는 뛰어야겠다는 다짐으로 2021년 새해를 시작했다. 첫 달 233km로 스타트를 끊었지만 2월 치질 수술에 이어 5월 재수술을 거치면서 운동량이 현저히 떨어졌다. 반전의 계기가 필요했다. 100일간 뭐라도 해보면 뭐라도 달라지지 않을까? 하루도 빼지 않고 10km 이상을 달리면 어떤 일이 일어날까? 왜 하필 100일? 대대로 내려온 전통이니까. 이름 하여 '웅녀(熊女) 프로젝트.'

첫날부터 '100일'을 장담했던 건 아니었다. 어쩌다 보니 며칠 연속해서 달리게 됐고, 며칠 계속 뛴 게 아까워서 매일 뛰게 됐다. 기자하면서 '사람 되기 힘든 직업'이라는 말 많이 들었는데, 이 기회에 100일 꽉 채우고 사람 되리라고 마음을 다잡았다.

지나고 나서 생각해보니 남북통일, 세계평화, 기후정상화, 코로나 종식, 언론개혁, 뭐라도 거창하게 내걸고 할 걸 그랬나 싶기도 했다. 시작한 지 얼마 안 돼 딸아이한테 "이게 실은 너 교사 임용고사 합격기원 100일 달리기 프로젝트란다"라고 엮어보려다가 까였다. "아 뭐래, 구리게……그냥 하던 대로 해, 괜히 갖다 붙이지 말고." 그래, 그냥 가자. 사는 거나 달리는 거나, 뭐 꼭 명분이 있어야 하나. 그 자체가 의미지.

그렇게 해서 달린 거리가 1047km, 하루 평균 10.47km였다. 10km 이상을 달린 날이 55일, 5~10km 38일, 5km 미만을 달린 날도 7일 있었다.

한강 둔치 자전거길, 광나루 토끼굴 인근에 세워져 있는 이정표에는 베이징까지 거리 954km라고 적혀 있다. 100일간 달린 거리는 베이징을 훌쩍 지나친다. 평양까지 거리는 196km로 씌어 있다. 울트라 대회 200km 코스 참가자들이라면 잠 안 자고 34시간 컷오프 이내에 단번에 갈 거리다. 서울과 평양 간 '경평(京平) 울트라 대회'는 얼마나 가슴 벅찬 일일까. 대회 열리면(안 생기면 내가 만들어서라도) 내 기어코 뛴다. 버킷리스트 추가다.

하루 최장거리는 40km. 8월에 337.7km를 달려 한 달로는 생애 최장 주행거리를 기록했다. 50대 중반에 소소하지만 새로운 목표와 기록을 세울 수 있다는 것, 그 자체가 행복이고 감사한 일이다.

한강 둔치 자전거길 광나루에 세워져 있는 이정표.
평양까지 196km밖에 안 된다.
울트라 마라톤 200km 코스 참가자라면
잠 안 자고 34시간 컷오프 이내에 뛰어갈 거리다.

이시영 트리근육

100일 달리기의 모티브 가운데 하나는 배우 이시영의 '트리 등근육'이었다. 2020년 연말 방영된 드라마 〈스위트홈〉에서 이시영이 선보인 쇼킹한 트리 등근육의 핵심은 체지방 감소와 체중 감량이다. 살이 빠져야 지방 아래 숨겨져 있던 근육이 드러난다는 말이다. 지방을 태우는 가장 좋은 운동은 역시 달리기다. 기-승-전-달리기, 운동의 기본이니 당연한 말이다.

포스터 속 등(얼굴도 배도 가슴도 팔다리도 아닌) 사진의 유혹에 넘어가 드라마를 본 건 오십 평생 처음이다. 딱 등근육 나오는 그 장면만 봐야지 하고 시작했다가 결국 다 보고야 말았다.

직접 눈으로 확인한 이시영은 역시 덕질 대상이 될 만한 자격이 있었다. 오래 전 아마추어 복싱 대회에서 우승까지 했다는 경력은 널리 알려져 있다. 하지만 결혼한 뒤에도, 나이 마흔 넘어 애까지 낳은 엄마가 그런 트리 등근육을 만들어 내다니. 원래 여전사 몸매긴 했지만 겨우 몇 분, 속옷 차림의 격투 장면이 딱 한 신 있다는 감독의 말을 듣고 6개월 동안 추가로 몸을 만들었단다.

이시영 등근육은 척추기립근을 근간으로 위쪽으론 승모근, 후삼각근, 대원근, 소원근, 옆으로 광배근, 능형근, 하후거근 등이 만들어낸 '작품'이다. '근육' 하면 식스팩(복직근)에 알통(이두

근) 같은 앞쪽만 신경들 쓰지만, 뒤가 실하지 않으면 앞도 제 기능을 발휘 못한다. 뒤태까지 예뻐야 진짜미인이다.

러너들, 특히 나 같은 아마추어들은 대개 하체 근육만 신경 쓴다. 상체, 그 중에서도 등쪽 근육 운동을 경시하게 되는데, 강건한 등근육이야말로 장거리 러닝의 펀더멘탈이다. 요추를 지탱하는 등근육들이 굳건하게 버텨줘야 달리는 동안 내내 똑바로 선 자세를 무리없이 유지할 수 있다. 또 대퇴부 이하 하체 근육들이 제 역할을 하고, 양쪽 다리의 불균형을 방지하면서 오래 버틸 수 있다. 마라톤 풀코스 한 번 뛰려면 다리 뿐 아니라 팔도 5만 번 가까이 흔들어야 한다. 승모근은 팔과 머리를 리드미컬하게 흔들어 추진력을 보태주는 데 힘이 된다.

달리기 뿐인가. 사이클 라이더들은 몸을 구부린 자세로 주행하게 되는데 척추기립근과 광배근이 실하지 않으면 부하를 견딜 수 없다. 승모근과 후삼각근은 거친 길에서 덜컹거리는 충격을 흡수하고, 안장에서 일어서는 '댄싱'이나 언덕길을 오를 때도 중요한 근육이다. 수영에서도 척추기립근은 척추의 회전을 담당하며 롤링을 부드럽게 하고 수평을 유지하는 기본 근육이다. 손이 물을 잡아당기는 핵심동작에서 광배근은 팔과 다리 허리로 이어지는 연속동작의 중추 역할을 한다. 승모근은 당연히 팔회전의 핵심이다. 모든 스포츠의 기본인 달리기와 수영, 사이클만 봐도 등근육이 이처럼 중요하다는 말이다.

발목골절된 김에 턱걸이를 시작한 것도 상체 근력을 키우기 위한 것이었다. 기억이 가물가물하지만 고등학교 체력장 때 턱걸이 만점이 20개였다는데 6개월 만에 겨우 그 수준을 회복했다. 아놀드 슈와제네거는 자신에게 딱 한 가지 운동만 허락된다면 턱걸이를 하겠다고 말했다. 러너에게도 턱걸이는 상체 근력을 키우기 위한 최상의 운동이다.

그렇다고 장거리 러너가 보디빌더처럼 근육을 발달시키면 달릴 때 비효율적인 에너지 사용을 초래하게 된다. 달리기에서 가장 중요한 근육은 종아리에서 허벅지 엉덩이로 이어지는 하체 근육이다. 처음 달리기를 시작할 땐 따로 근력운동을 할 생각을 못했다. 오래 달리면 저절로 근력이 생길 것으로 생각했다. 하지만 거꾸로 근력이 있어야 오래 달릴 수 있다는게 더 정확한 말이다.

100일, 신체의 변화

목표에 도달하는 과정에서 나타나는 신체의 변화를 눈으로 확인하는 것은 달리기의 즐거움을 더해 준다. 일상적으로 누군가의 코칭이나 격려를 받기 힘든 일반인들에게는 기록과 공유가 동기부여가 된다.

국내 기업 인바디가 만드는 체성분 분석기 인바디(InBody)로는 체성분 및 체형 분석치를 간단히 체크할 수 있다. 헬스클럽 같은 곳에 있는 업소용이 더 상세하고 정확하지만 가정용 측정계로도 추세 변화는 관찰할 수 있다. 성능에 따라 가격이 만만찮은 가민, 순토, 폴라 같은 전용 GPS 워치는 코치 역할을 해주는 필수품이다. 배터리 지속시간이나 내구성 같은 게 좀 떨어지지만 갤럭시나 애플 워치도 어지간한 기능은 갖추고 있다.

인바디 가정용 측정계 기준으로 6월 20일부터 9월 22일까지 100일간의 체중 변화는 마이너스 2kg이었다. 몸무게는 크게 줄지 않았지만 골격근량은 증가한 반면 체지방량은 12.5kg에서 10.9kg으로 감소해 긍정적인 워크아웃 효과가 뚜렷했다.

맨 처음 마음먹었던 새해 목표는 앞서 말했던 배우 이시영의 체지방률 8%였는데 애초에 눈높이가 높아도 한참 높았다. 체지방률은 17.9에서 16.0으로 낮아지는 데 그쳤다. 한때 14%대까지 내려가기도 했지만 이후 15~16%선을 유지했다. 체질량 지수(BMI)는 24.5에서 23.8로 낮아졌다.

생각보다 신체의 변화는 크지 않았지만 20년간 달리기에 익숙해진 몸이 100일간의 이벤트로 엄청난 변신을 이룰 것으로 생각하진 않았다. 전체적으로 체중-골격근량-체지방량 수치를 그래프 형상으로 표시했을 때 D자 모양의 '표준체중 강인형'을 유지하고 있다는 게 '인바디'의 평가였다.

'가민 포러너 945' 워치로 측정한 최대 산소 섭취량(VO₂Max, 심폐능력의 지표로 운동능력을 최대로 발휘하는 시점에서 1분 당 1kg의 몸무게가 소비할 수 있는 최대 산소량)도 높아졌다. 시작 당시 48ml(연령대 중 상위 10% 매우 좋음)에서 51ml(상위 5%, 최상)로 올라섰는데 그만큼 체력이 향상됐다는 말이다. IT 업계의 운동 덕후인 두 창업자 개리(Gary)와 민(Min)의 이름 앞 글자를 따서 만들었다는 GPS 기기 가민(Garmin)은 매일매일 운동 성과를 '비생산적' '회복' '운동능력 유지' '생산적' '운동능력 향상' 단계로 평가한다.

100일 달리기 종료를 3일 앞둔 9월 20일 가민 워치는 VO₂Max를 근거로 '운동능력 향상' 판정을 내렸다. 가민 왈, "당신의 체력은 최고 수준에 근접하고 있습니다. 더 높은 경지에 도달하려면 저강도 유산소, 고강도 유산소, 무산소 운동 사이에서 운동 강도에 변화를 주십시오." 누군들 더 높은 경지에 도달하고 싶지 않을까. 하지만 가랑이 찢어지고 열반주(사망)에 이르면 가민이 책임질 것인가?

100일 달리기가 후반부로 들어서면서 살짝 군기가 빠지고, 저녁 음주의 뒤끝으로 운동 강도를 낮췄더니 D-51, 49일째인 8월 3일엔 가민 어플이 "트레이닝 부하에 무산소 운동이 부족해 체력이 떨어지고 있습니다"라고 준엄하게 꾸짖는다. 너무 살살 뛰고 있으니 더 '빡쎄게' 죽어라고 뛰라는 거다.

앞으로 일어날지도 모르는 불상사의 모든 책임은 가민에게 있다고 생각했다. 그래도 어찌 하랴, 시키는 대로 강도 높은 인터벌 러닝으로 성의를 보였더니 겨우 '운동능력 유지'로 평가가 올라갔다. 하지만 여전히 "체력을 향상시키려면 더 길게 운동하거나 더 자주 운동하십시오"(8월 4일)라고 다그친다. 그때까지 50일간 526km. 하루 평균 10.5km를 매일 달렸는데 더 자주, 더 오래 운동하라니. 이것은 가민의 사람잡는 갑질, 스포츠 폭력, 달리기 셔틀, 가스라이팅 아닌가. 궁시렁대면서 조금 빡쎄게 뛰었더니 이번에는 "훈련 부하가 너무 고강도의 활동에만 초점을 맞춘 것처럼 보입니다"(8월 15일)라며 '비생산적' 판정을 내린다. 어쩌라고 참!

100일간 러닝에 대한 일일평가는 '생산적'의 비중이 컸지만 '운동능력 향상' 기간은 그보다 적었다. '비생산적' 구간도 많았다. 체력을 향상시키기 위해서는 꾸준히 해서만 되는 게 아니고 강도와 형태에 변화를 줘서 운동 역치를 높여가야 한다는 말이다.

2

마음속에 닦아 둔 사랑하는 길

20여 년 전 처음 달리기 시작할 때 첫째 고민이 '어디서(where)'였다. 누가 달리기 코스 쫙 정리해주면 안 되나 생각했다. 집 근처 공원은 너무 좁아 달리기에 부족했고 한강 둔치까지 차 갖고 가는 건 번거로웠다. 그래서 2010년 미국 근무 마치고 돌아올 때 나의 전셋집 선택 첫째 입지조건은 역세권도 학군도 아닌 '강세권'이었다. 곧바로 걸어서 한강 나가 뛸 수 있는 곳 말이다.

나뿐 아니라 많은 러너들이 보금자리를 구할 때 주변에 뛸 곳이 있는지 살필 것이라고 생각한다. 러너들의 집을 지도 위에 붉은 점으로 표시하면 한강을 비롯해 산책로가 정비된 전국의 강변이 온통 빨간 색으로 물들 듯하다.

앞으로 어느 곳에 몸을 두고 살아갈지 모르지만 누울 자리 보기 전에 먼저 두 다리 쭉 뻗고 맘 편히 달릴 곳이 있는지 살펴볼 것이다. 언제 달려도 푸근한 길, 늘 나를 반겨주는 길, 내가 사랑하는 길 하나는 마음속에 닦아 둘 것이다.

한강길, 위례 강변길

　100일 달리기 기간에는 장거리 달리기는 되도록 자제했다. 하루에 가장 많이 뛴 거리는 40km. 무더위가 절정에 달한 8월 8일(D-46), 한강 변을 따라 달렸다.

　비가 온다는 예보에 한여름 최고의 오락인 우중주(雨中走)를 기대하고 일어나자마자 문 열고 하늘을 내다봤다. 안 온다. 그래도 낮에는 곳곳에 소나기, 심지어 국지성 호우가 내릴 수도 있다기에 미사리 쪽으로 길을 나섰다. 그런데 역시 안 온다. 띄엄띄엄 몇 방울 흩뿌리다 말다를 반복한다. 달궈진 돌에 물 뿌려 수증기 만드는 핀란드 사우나처럼 덥고 습하다. 모내기철 농사꾼만큼이나 간절히 비를 바랬건만. 하늘에 대고 삿대질 해봤자 뭐 하나. 구름이 햇빛 가려주는 게 어디냐는 긍정적 마인드로 발걸음 뗄 수밖에.

　가다 보면 시원하게 쏟아지겠지 하고 참고 가다보니 위례 강변길 끄트머리 하남까지 20km를 가 버렸다. 위례 강변길은 내

누구나 저절로 뛰고 싶은 마음이 생기는 위례 강변길.
제일 좋아하는 달리기 코스다.
옆으로는 남한강이 도도히 흐르고, 나무가 그늘을 드리우고 있다.
부드러운 흙길가엔 사시사철 계절 꽃들이 눈을 즐겁게 해준다.

가 제일 좋아하는 달리기 코스다. 오래된 달림이 중 누군가는 이 길을 에스페란자(Esperanza, 스페인어로 희망) 길이라고 불렀다.

위례 강변길을 지나 팔당대교 건너가면 오른쪽으로 한강을 끼고 달리는 그림 같은 자전거 길이 이어진다. 곳곳에 맛집들도 많다. 엎어진 김에 퍼질 수도 있다. 팔당부터는 남한강 북한강 모두 기찻길이 나란히 가기 때문에 원 웨이(One Way)로 갔다가 기차 타고 올 수 있다. 갔던 길 돌아오는 왕복 코스보다 덜 피곤하고 즐겁다. 양평 두물머리에서 북한강 쪽으로 방향을 잡으면 대성리역까지 대략 잠실에서 50km 거리다. 이후에도 춘천까지는 잘 닦여진 자전거 길을 따라 달릴 수 있다. 남한강 쪽으로 직진, 옛 양수철교를 건너면 중앙선 철도와 나란히 달려 양평까지 내달린다. 물론 길은 끝나지 않는다. 남한강을 따라 충주를 거쳐 이화령 넘어 낙동강 자전거길로 접어들어 부산 을숙도까지 달릴 수 있다. 두 다리만 받쳐 준다면.

나의 루틴(routine)은 대개 위례 강변길 중간 미사리 조정장 못 미쳐 '리버카페'에서 되돌아오는 왕복 30km 길이다. 그날은 나무그늘에 취해 달리다 보니 위례 강변길 끝 20km 지점까지 발길이 이어져 왕복 40km 장거리주가 됐다.

위례 강변길은 중간에 급수와 화장실이 마땅찮은 게 흠이다. 물도 떨어져 가는데, 아~ 길 가에 냉장고가 있다!!! 그 속에는 시원한 생수. 몇몇 지자체와 종교단체에서 길가에 설치했다는 기사는 봤는데, 이렇게 갈사(渴死) 직전에 내가 구원받을 줄이야. 지방자치 30년 만세다. '하남시민을 위한 생수'라고 냉장고에 쓰여 있지만, 내가 낸 국세가 지방으로 교부되니 나도 자격 있다. 당당하게 감사히 마셨다.

늘 그렇듯 돌아오는 길의 피로도는 갈 때의 2배다. 이럴 때 서울과 하남 경계에서 음료와 샌드위치를 파는 푸드트럭은 오아시스다. 집에서 12km 달려와서, 혹은 하남에서 8km 돌아와서 사 마시는 탄산음료, 스포츠음료의 맛이란! 작은 캔 하나에 1000원이니 값도 착하다. 카리스마 넘치는 사장님은 "몇 년 동안 온갖 수모를 겪으며 이 자리를 지켜왔다"고 한다. 지금도 해마다 두 번 벌금 내며 버틴다고 했다. 코로나로 인해 실직한 처형네도 그 옆에서 '카페트럭'을 운영하고 있다.

사이클 라이더나 러너들, 산책하는 사람들의 사랑방이 됐고, 교통에도 전혀 방해되지 않는데 그냥 벌금 받지 말고 좀 내버려두면 안 될까? 정부 차원의 푸드트럭 양성화 방안도 여러 번 나왔었는데. 코로나로 저녁 약속 줄어들지 않았으면 애초에 시작할 생각도 못했을 '웅녀 프로젝트'다. 하지만 생계를 위협받는 이들 앞에서 '코로나 덕분에'라는 말은 차마 할 수가 없다. 힘내시라고 자몽에이드 한 잔 시원하게 사 마시고 나도 힘내서 뛰었다.

또 하나의 오아시스는 암사 생태공원. 정문 앞에 있던 '삼거리 휴게소'라는 이름의 간이 쉼터는 라이더들이 물 마시고 담배도 피우곤 (주로에서 담배는 제발 좀 참아줬으면 한다) 하던 곳인데 세종~포천 고속도로 나들목 공사로 인해 사라졌다. 사이클 애호가들은 많이 아쉬울 듯하다.

암사고개 중간 체육공원 공간도 도로공사로 사라지고 길도 조금 바뀌었다. 암사고개의 별명은 아이유고개. 아이유의 3단 고성처럼 경사가 3단으로 이뤄져서 그렇게들 부른다. 20년 가까이 이 길을 달리는 동안 길도, 길 옆 풍경들도 조금씩 달라졌다. 어른 키보다 조금 컸던 나무들도 이젠 늠름하게 그늘을 드리우고 있다. 달라진 게 얘네들뿐일까. 그 길을 지나던 청년은 이제 꺾어진 백 살의 중년이 됐다.

직사광선은 없다지만 섭씨 30도 넘는 한낮의 포도(鋪道)는 몸 뚱어리를 쪄 말린다. 길 옆의 아리수 급수대와 화장실에서 머리에 물을 끼얹어가며 돌아왔다.

대한민국 한강변만큼 달리기 인프라가 잘 된 곳을 본 적이 없다. 심지어 화장실에는 에어컨도 있다. 유엔무역개발기구(UNCTAD)가 한국을 선진국으로 분류한 건 2022년이지만, 달리기 기반시설로 따지면 우리는 진작에 '러닝 선진국' 반열에 올라서 있다. 러닝 선진국이 우연히 된 건 아니다. 많은 사람들의 피와 땀과 눈물로 사람이 대접받는 세상으로 조금씩 바뀌어 온 덕이다.

한강을 가로지르는 다리들은 대략 2km 간격으로 놓여 있어 러너들에게 이정표 역할을 한다. 일산대교에서 팔당대교에 이르기까지 '서울권' 내에 있는 한강 다리만 32개다. 제각각 다른 모양과 공법으로 만들어진 다리들은 특히나 야간 달리기의 즐거움을 더해준다. 야경이 아름답기로는 올림픽대교가 최고다. 여름이면 다리 양편으로 시원한 분수를 내뿜는 반포대교, 시시각각 조명이 바뀌는 잠실대교, 오랜지색 철교 구조물이 조명을 받아 발광하는 동호대교도 포토제닉 감이다.

한강 둔치에서 엘리베이터나 계단을 통해 직접 올라가 건널 수 있는 다리는 구리암사대교, 광진교, 성수대교, 잠실철교, 서강대교, 한강대교, 동호대교, 가양대교, 원효대교, 동작대교, 올림픽대교, 행주대교, 천호대교, 잠실대교, 영동대교, 한남대교, 반포대교, 성산대교, 마포대교, 양화대교 등 20여 개다. 자전거 도로로 곧장 연결되는 경사로가 남북단에 제대로 있는 곳은 구리암사대교, 잠실철교, 올림픽대교, 반포대교 정도다.

이 가운데 진입과 진출이 가장 편한 곳은 단연 잠수교다. 남북모두 계단이나 경사로 없이 진입이 가능하고 보행자 도로 폭이가장 넓다. 나머지 다리들은 대부분 강북 쪽에서 진입하려면 입구 찾기가 쉽지 않다. 강북 둔치가 좁아서 그럴 것이다. 강남 쪽은 1970년대 강남 개발할 때 한강으로부터 500미터까지 녹지공간을 조성하는 것으로 설계돼 있었는데, 땅 팔아서 돈 만드느라 당초 계획보다 좁아졌다는 이야기도 있다. 그나마 지금 정도라도 남긴 게 다행이다.

건너는 재미로는 광진교다. 강 중간에 세계에서 세 곳밖에 없다는 '8번가'라는 교각 하부 전망대와 유리바닥 한강 조망대가 있다. "I LOVE"라고 쓰여 있는 데이트 꽃길도 있다. 광진교는 원래 4차선이던 걸 2차선으로 줄이고 이런 시설을 추가했다. 설계 목적에서 벗어난 '전시 행정'이라고 생각하지만 상황에 따라 맘이 바뀌는지라 뛸 때는 좋다.

유신 시절의 피와 땀과 눈물, 잠실 1~5단지와 석촌호수

100일간 가장 많이 달렸던 곳은 역시 집 앞의 한강 둔치 잠실 인근이다. 잠실 둔치의 밤은 잠들지 않는다. 자정에도 발로 달리고 술로 달리는 남녀노소가 강변에 꽉 찼다. 여성 러너들도 이 시간에 달릴 수 있는 나라, 대한민국은 행복한 나라다. 지구상 인간 행복도의 70퍼센트는 어느 나라에서 태어나느냐가 좌우한다는 말이 실감난다.

오전 7시에 벌써 30도다. 이런 날 그늘 바깥은 죽음이다. 그래서 '7말8초' 폭염에는 한강이 아닌, 가로수가 심어진 도로를 따라 아파트 숲과 석촌호수 코스를 달렸다. 잠실 1~5단지를 돌며 석촌호수를 모두 달리면 13km의 멋진 그늘 코스가 된다. 단지를 옮겨갈 때마다 신호등을 건너야 하지만 잠시 호흡을 고르며 다리 스트레칭 하는 시간 갖는 것도 나쁘지 않다. 잠실 주민이 아니더라도 지하철 2호선 잠실새내역에서 내려 7번 출구 쪽 물품보관함에 짐 맡기고 1단지부터 시작해 한 바퀴 돌고 오기에 좋은 코스다.

잠실은 한강 개발과 강남 개발, 경기 광주대단지 강제 이주, 88올림픽에 이르는 한국 근대사의 상징적 사건들을 안고 있는 아파트촌이다. 1960년대 말 서울 인구 분산을 위해 도시 빈민들의 광주대단지 강제 이주가 이뤄졌다. 광주 대단지와 서울 강북을 잇는 징검다리 신도시로 조성된 게 잠실이다. 제방이 쌓여져 잠실 섬은 육지가 됐다. 당시 현대건설, 대림산업, 극동건설, 삼부토건, 동아건설 등 5개 건설사는 엄청난 택지를 조성해 천문학적인 돈을 벌었다.

박정희 대통령은 세계적으로도 유례가 없는 대규모 신도시 개발을 밀어붙여 지지 기반을 공고히 하고자 했다. 그는 1970년대 초 잠실 주공아파트 건축을 지시하면서 "주공아파트에 사는 게 자랑거리가 되도록 하라"고 했다. 손정목이 쓴 《서울도시개발 이야기》 3권(2003, 한울)에 나오는 얘기다. 부모세대의 피와 땀과 눈물로 다져진 이 길의 사연을 아는 이들이 과연 얼마나 남아 있을까.

잠실 1~4단지는 주공아파트에서 엘스, 리센츠, 트리지움, 레이크팰리스로 이름도 거창하게 바뀌었다. 재건축이 이뤄진 1~4단지는 모두 단지 바깥을 빙 둘러 나무가 우거진 산책로가 있다. 레이크팰리스가 약간 단지 크기가 작지만 각 단지의 둘레는 대략 평균 2km 정도다. 엘스(구 주공 1단지)와 트리지움(구 주공 2단지) 산책로가 가장 완벽하게 연결돼 있다. 엘스는 산책로 주변 조경이 좋고, 트리지움 산책로는 높낮이 굴곡이 있어 트레일런 기분도 약간 맛볼 수 있다. 잠실 석촌호수 둘레길은 봄이면 벚나무로 꽃대궐을 이루고, 여름엔 시원한 그늘, 가을엔 멋진 단풍으로 물들며, 롯데월드 놀이동산의 동화마을 같은 건물들로 눈이 즐거운 길이다.

재건축이 안 된 채 남아 있는 5단지는 당시 우리나라 최고층이자 최고급으로 '마음먹고 지은' 아파트였다. 첨단 건축기법과 조경, 지역난방 설비가 집약됐다. 초고층 재건축 아파트와 롯데월드에 둘러 싸여 초라해진 지금도 단지 입구 기둥에 '잠실 5단지 고층아파트'라는 표지판이 자랑스럽게 붙어있다. 널찍한 터에 우거진 나무, 단지 주변 산책로, 조각상 같은 예술 조형물까지, 지금 봐도 감탄이 나온다. 이제는 박물관에서나 볼 수 있는 수동식 수도 펌프와 저수 시설까지 남아 있는 살아 있는 대한민국의 아파트 문화 박물관이다.

5단지 맞은편 롯데월드를 품고 있는 석촌호수를 달릴 땐

"Permission to dance, Butter, Dynamite"를 비롯한 BTS의 최신곡 세 곡을 무한반복으로 들으며 뛰었다. 빌보드 차트를 휩쓴 K팝 히트곡 한 대목쯤은 따라 흥얼거려 줘야겠기에, 그리고 댄싱에 수화를 넣어서 청각장애인들도 함께 노래를 느낄 수 있게 했다는 BTS의 마음이 예뻐서 돈 주고 다운받았다. 아침 댓바람 출근 전에 뛰어나가는 남편, 아빠를 보고 가족들은 혀를 쯧쯧 차지만, 러닝에는 퍼미션(허락)이 필요 없다. Don't need permission to Run.

그러나 현실은, permission이 필요하다. (가족의) 퍼미션 없이 무작정 뛰다가 가정파탄 날 뻔한 사람들 많이 봤다. 남 이야기만은 아니다.

3

트레일러닝, 산 그리고 섬

유난히 더웠던 여름, 직사광선 내리쬐는 도로에서만 달렸다면 매일 10km 뛰기도 벅찼을 것이고, 100일간 버티지 못했을 수도 있다. 그래서 러너들에게 여름엔 산이 답이다. '트레일런'은 나무그늘이 있고, 고갯마루의 시원한 바람이 있다. 장거리 러닝을 할 수 있는 시간 여유가 되는 주말엔 트레일런이 주 메뉴가 됐다.

내가 생각하는 '명품 트레일 코스'란 이런 곳이다.

- 대부분 주로에 나무가 우거져 햇빛을 가려 주고 달리는 내내 피톤치트 샤워를 할 수 있다.
- 어느 순간 능선이나 정상에서 탁 트인 시야로 가슴이 시원해진다.

- 자갈이나 바위 구간이 지나치게 많지 않고 마사토 같은 부드러운 흙길이 주종을 이룬다.
- 평탄한 길만 지속되는 게 아니라 적당한 거리마다 가파른 오르막과 내리막도 있어서 종아리와 허벅지 근육을 터지도록 긴장시킨다. 가슴이 찢어질 정도로 숨이 차오고 온 몸의 수분이 일시에 땀으로 쏟아지는 고통을 인내했다가 내리막에선 몸이 발을 못 따라가게 질주하는 즐거움도 맛 볼 수 있다.
- 사람이 많지 않아 미안해하며 달리고 추월할 일이 없다. 그러면서도 수풀이 너무 우거지거나 인적이 끊겨 길을 잃고 알바(본업이 아닌 부업을 뜻하는 아르바이트에서 비롯된 말로, 등산이나 트레일러닝에서는 정상 코스를 벗어나 엉뚱한 길에서 덤으로 뛰는 것을 가리킨다)할 위험이 적다.
- 언제고 생각나면 금방 찾아갈 수 있게 접근성도 좋다.

강남 7산 종주, 산에서 치는 '번개'의 맛

62일째(D-38)인 8월 16일 광복절 기념으로 버킷리스트 가운데 하나였던 강남 7산 종주에 나섰다. 선열들께서 남겨주신 이 땅에서 분에 넘치는 삶을 살고 있으니 밖에 나가 흙이라도 다시 만져봐야 하지 않겠나. 바닷물 춤추는 것까지는 못 봐도.

지리산 화대(화엄사~대원사) 종주로 천왕봉에서 만세라도 부를까 하는 생각을 안한 건 아닌데 선뜻 발이 떨어지지 않았다. 아침 7시에야 눈을 떴다. 독립운동은 못했어도 그냥 운동이라도 해야지, 짧고 건강하게 살아서 건보재정 건전화에 기여하면 그게 내가 할 수 있는 애국이지. 그렇게 스스로 등을 떼밀어 대모산으로 향했다.

강남 7산 종주는 서울 강남을 끼고 있는 대구청우바백광을 말한다. 이 역시 나의 버킷리스트(리스트가 너무 길지만) 중 하나였다. 대모산, 구룡산, 청계산, 우담산, 바라산, 백운산, 광교산, 즉 청광(청계산~광교산) 종주의 앞에다 대모산과 구룡산을 붙인 거다. 32~34km정도 된다. 거리는 지리산 성중(성삼재~중산리) 종주와 비슷하고 상승고도는 성중(2100~2300m)보다 조금 더 높다.

청계산에서 출발해 광교산 정상(시루봉)을 찍고 다시 청계산까지 오는 청광 종주 왕복이 35~36km 정도니 대략 비슷한 거리다.(광백바청우관삼, 즉 광교산과 백운산, 바라산, 청계산, 우면산, 관악산, 삼성산을 강남 7산 종주로 부르기도 한다. 44~47km로 더 험한 코스다.) 청광 왕복에 대략 10시간 걸렸으니 그 정도 잡고 출발했다. 작년인가 한번 나섰다가 길 잃고 헤매는 바람에 중도 이탈해 '음주장정'으로 마무리한 기억이 있다.

가끔 가는 청광 종주에 293m짜리 대모산과 306m짜리 구룡산

붙인 데 불과하지만 장거리 트레일의 피로도는 거리의 제곱에 비례해 늘어난다. 대모산과 구룡산이 다 뒷동산급이지만 정상 부근의 경사가 상당해 초반에 속도 욕심내다간 근육 탈탈 털릴 수 있다. 강남 7산 종주 초반부인 대모산에서 구룡산 구간은 능선길보다 서울 둘레길을 따라가는 게 트레일러닝에는 제격이다.

구룡산에서 내곡동 평지로 내려와 도로를 한참 달려 다시 청계산을 오를 때가 1차 멘붕 지점이다. 옥녀봉을 거치면 경사도는 덜하지만 거리가 늘어난다. 원터골에서 올라가려면 도로 뛰는 거리가 늘어나고 매봉까지 악명 높은 직선 계단 코스다.(전부 세지는 못했으나 2000개는 족히 되는 듯하다. 아들이 군 복무 중에 매일 걸어 올라갔다는 GOP 초소 계단 숫자와 비슷하다. 진달래 능선 쪽 계단에는 번호가 붙어 있는데 1560번인가에서 끝난다.)

처서가 지났는데도 여전히 낮 기온이 32도까지 오르는 터라 등산로 초입 가게에서 얼음생수를 보충할 수 있는 원터골 코스를 택했다. 매봉과 석기봉 삼거리, 이수봉, 국사봉 꼭대기에도 막걸리와 음료수 파는 터줏대감 상인들이 있어서 시원한 음료수를 보충해 갈 수 있다. 볼 때마다 그 무거운 음료수를 아이스박스에 담아 올라오는 노동이 얼마나 힘들까 싶다. 밥벌이의 지엄함을 실감한다.

서울~수원 대도시 코스지만 표지판이나 GPS를 잘 보지 않으면 초행길에는 까딱하면 알바하기 십상인 곳이 적지 않다. 국사봉에서 하오고개 내려가는 길이 특히 그렇다. 정상 갈림길에서 용인 쪽으로 빠지기도 하고, 내려가다가 골짜기로 접어들기도 한다. 발 아래 수도권 순환고속도로 자동차 소리가 들리는데도 오른쪽에 공동묘지가 안 보이면 길 잘못 든 거다. 하오고개 넘어 우담산(발화산)으로 꺾어지는 표지판을 못 보면 백운호수로 내려가게 되고, 바라산 가는 중에도 내리막에서 막 달리다보면 용인 고기리 계곡으로 빠지기 십상이다. 내가 당해봐서 안다.

종주의 중간 지점에 위치한 하오고개에서 다시 발화산으로 기어 올라가는 계단이 2차 멘붕 지점쯤 된다. 씽씽 지나가는 차들을 바라보면, 핸드폰 카카오택시 맵으로 눈길이 갈지도 모른다. 하오고개 경사를 올라 KBS 철탑을 만나게 되면 그때부턴 평탄길 이어 내리막이라 다시 힘이 난다.

3차 멘붕 지점은 바라산 자연휴양림의 희망 365계단이다. 뭘 희망하는지는 모르겠지만 다리 근육에 젖산이 가득 쌓인 주자에게는 절망 365계단이다. 그래도 365일 절기에 맞춰 붙여놓은 해설 표지판 보면서 입춘 대서 처서 입추⋯⋯ 가다 보면 대한에서 계단은 끝이 난다.

바라산(428m)에 오르면 백운산(567m)까지는 그리 멀지 않다. 백운산 통신대에 다다르면 다 온 거나 다름없다. 광교산(582m) 정상 시루봉까지는 대략 능선으로 이어져 있어 설렁설렁 갈 수 있다. 그래도 중간중간 오르막이 없진 않다. 시루봉에서 형제봉

가는 길 중간 250개 남짓한 계단이 마지막 허벅지 브레이커. 형제봉에서 경기대까지는 긴 내리막과 계단으로 이어진 트레일이어서 마지막 러닝으로 멘탈을 회복할 수 있다.

경기대 캠퍼스에서 산길은 끝나고, 곧바로 웅장한 경기대 전철역사가 눈에 들어온다. 신분당선 종점이다. 32km, 상승고도 2409m, 8시간 39분 여정의 끝이다. 고수들이 볼 땐 트레일러닝이라기보다는 패스트 워킹 수준일 수도 있다. 실제로 이 코스에서 열리는 트레일런 대회 우승자는 6시간 이내로 들어온다. 따라 하려 하면 안 된다. 속도를 욕심낼 나이가 아니라는 것을 인정해야 즐겁고 만족스러운 나들이가 된다.

광교역사의 깨끗한 화장실에서 땀을 씻는다. 두 발로 뛰지 않는 한, 어떤 권력자나 부자에게도 허용되지 않는 정화(淨化)의 기쁨이다. 화장실을 만들고 관리하는 분들에게 감사하고, 8시간 넘는 가동에도 멀쩡한 두 다리에게도 고맙다.

덤으로, 광교산 시루봉에서 친 번개에 즉각 화답한 친구가 동천역으로 마중나와 있는 것 또한 매우 고마운 일이다. 청광 종주 강남 7산 라인에 살고 있는 죄로 산에서 내리 던지는 번개를 시시때때로 맞는 36년지기다. 귀찮으면 이사 가든지. 휴일이면 은근히 산에서 번개 안 치나 기다리는 줄 내가 다 안다.

100일 기간 중 트레일런에 지친 근육을 달래준 또 하나의 고마운 장소는 주막이다. 청계산에 올랐다가 과천 쪽으로 발길이 향했다면 그날의 종착역은 과천 주공5단지 옆 상가 지하의 '별주막'이다.

7월 5일(D-80)은 산을 타고 나서 목이 말라 막걸리를 마신 게 아니고, 막걸리를 마시기 위해 재 넘어 갔다. 바깥은 36도. 에어컨 시원한 집에서 바깥 내다 볼 땐 나가면 죽음일 것 같았지만 나가 보니 산그늘이 든든한 방패가 됐다. 가장 큰 적은 역시 두려움이다. 시뻘겋게 피부를 달구는 태양에게 대항하는 작은 무기는 얼음 막걸리다. 멍게도 미리 얼음을 껴안고 있다. 통영 멍게가 여기까지 와서 고생이 많다.

100일 런 시작 4일째인 6월 19일엔 청계산 쪽 말고 우면산 쪽으로 올라 과천 남태령의 과천도가를 찾았었다. 옛 직장 동료 선배들과 별주막에서 약속을 잡았다. 한잔 막걸리를 꿀맛으로 마시기 위해 알코홀릭은 그렇게 대낮부터 산길 20km를 달려 땀을 뺐다. 한 오십리 정도는 멀다 않고 뛰어가서 술 마시고 싶은 생각이 들어야 진정한 벗 아닌가.

100일 런 시작할 때 공사 막바지였던 과천도가에서 벌써 관악산 생막걸리와 과천 미주를 내놓고 있다. 기대를 저버리지 않는 맛이다. 서형원 대표와 직원들의 정직과 정성을 느낄 수 있다. 감미료를 넣지 않고 이런 맛을 낸 노력이 가상하다. 내가 갈 모든 산자락 밑에 별주막 같은 정직한 주막이 차려지길 바란다.

남산, 달림이의 성지

7월 6일(D-79) 트레일러닝 테마 카페 '체크포인트 남산'에서 매주 실시하는 남산시티 트레일 모임. 남산 둘레길을 돌고 남산 타워 정상까지 12km를 뛰었다. 남산 밑에 자리 잡은 체크포인 트 남산, 딱 이런 게 필요하다고 생각했던 공간이다. 러닝 베이 스캠프 같은 곳. 옷 갈아입을 수 있고, 러닝용품 팔고, 커피와 맥 주도 있다. 젊은 러너들이 모인다. 스키 등산 러닝 전문 브랜드 살로몬이 시착용 트레일 러닝화와 장비를 지원한다.

참가자 평균연령을 내가 훌쩍 높였다. 펀런(fun-run) 생각하고 갔는데 앞에서 이끄는 트레일러닝 고수(닉네임 "히멘")가 장난 아 니게 빡쎄게 달린다. 마음만 청춘이지 근력은 진짜 청춘들을 따 라가지 못함을 실감한다. 특히 지구력보다 근력이 더 중요한 트 레일런 능력은 더욱 차이가 난다.

몇 년 전부터 젊은 층의 달리기 인구가 늘어나면서 러닝 크루 (Crew) 문화가 생겼다. 2000년대 초 1차 마라톤 대중화 시기를 이끌었던 40~50대 아재, 아짐 중심의 마라톤 동호회에 비하면 이름부터 좀 있어 보인다. 코로나19로 여행 못가고, 마땅히 운 동도 하기 힘들어지면서 청년층이 달리기나 트레일러닝, 등산 에 발을 많이 내딛기 시작하는 건 반가운 일이다.

100일 달리기 마치기 직전 소모품 사러 러너스클럽 신촌점에 들렸다. 정민호 사장에게 "이 어려운 시기 어떻게 견뎌내고 계시냐"고 위로의 말을 건넸다. 뜻밖에도 "코로나 수혜를 입고 있다"고 했다. 이른바 '꼰대 세대'를 대체하는 MZ 세대 신규 진입자들이 새로운 수요를 창출하고 있다는 것이다. 그날도 처음 달리기를 시작하는 듯한 청년이 신제품 러닝화를 신어보며 이것저것 달리기에 대해 궁금한 걸 물어보더니 망설임 없이 계산하고 나간다.

스스로를 위해 돈을 쓰는 데 인색하지 않은 이들 청년들의 재력은 기성세대에 비해 딸리겠지만 소비성향을 반영한 구매력은 오히려 '꼰대 세대'를 능가하는 걸로 보인다. 이들이 보다 빨리 기초체력부터 탄탄히 기를 수 있게 하려면 중고등학교 입시 체력장을 부활시켜야 한다고 생각한다. 특히 모든 운동의 기본인 100미터, 1000미터 달리기는 반드시. 그러다 보면 좀더 빨리 친근하게 달리기의 매력을 맛볼 수 있을 것이다. 기본소득도 좋지만 기본체력부터 갖추게 해서 사회로 내보내는 게 어른들이 할 일 아닌가.

체크포인트 남산은 지속되는 코로나19의 영향으로 오래 가지 못하고 2021년말 문을 닫았다. 하지만 남산은 앞으로도 남녀노소 불문, 달림이들의 성지로 남을 것이다. 특히 자동차는 물론 자전거도 통행이 금지된 약 3.4km의 남산 북측 순환로는 시각장애인들의 안전한 산책로인 동시에 펀런의 명소다. 봄 벚꽃을 시작으로 철따라 자태를 뽐내는 갖가지 꽃들, 아무리 더운 여름에도 시원한 그늘과 바람을 선사하는 울창한 숲, 발아래 내려다 보이는 명동, 남대문, 광화문 일대의 야경과 남산타워의 화려한 조명…… 세계 어디에서도 찾아보기 힘든 길이다. 평지가 아니라 오르막과 내리막이 반복되기에 대회를 앞두고 근력 강화를 위한 언덕 훈련에 최적의 훈련장이기도 하다. 그래서 남산 허리를 감아도는 산책로에는 러너들의 발길이 끊기는 적이 없다.

2010년쯤 까지는 케이블카 앞 순환로 입구 쪽 배드민턴장 위편에 '남산체육공원'이라는 간판을 단 사설 운동공간과 오두막이 있었다. 체크포인트 남산처럼 러너들의 베이스캠프 역할을 했던 곳이다. 1970년대부터 이곳에 땅을 고르고 철봉이며 역기 같은 운동시설을 만들어둔 한 러너가 조성해 놓은 터전이다. 그분이 돌아가신 뒤에는 부인(역시 마라토너였다) 혼자 그곳을 지켰다. 허기 진 러너들에게 두부김치나 도토리묵 같은 걸 내놓았다. 돈을 벌기 위해서라기보단 곳곳에 남편 사진이 붙어 있고 체취가 남아 있는 그곳을 떠나기 힘들었고, 러너들과 말동무 하는 재미가 목적이었을 게다. 미리 이야기하면 시장에서 직접 닭을 사다가 닭도리탕도 끓여주곤 했다.

그곳을 알게 된 뒤부터 회사 동료들과 만든 '아이 런(I RUN)' 모임의 정례 달리기 장소를 남산으로 잡았다. 퇴근 뒤 가방 말겨 놓고 러닝복으로 갈아입은 뒤 순환로를 두어 바퀴 뛰면 땀이 후끈 나기 마련. 수돗가를 널빤지로 대충 막아 만든 간이 샤워 장에서 찬물로 샤워를 하고 막걸리를 단숨에 들이키면 남산 아래 세상이 온통 우리들 것 같았다.

'공원'은 서울시의 '남산 르네상스 계획'에 의해 2010년 철거됐다. 국립공원 쪽 입구와 케이블카 입구에 락커와 간이 샤워시설이 만들어졌다. 불법 시설물이고, 시민들의 산책 공간을 정비해야 할 필요성이 있었으니 철거 자체를 문제 삼을 수는 없다. 그런데 따지고 보면 남산은 6.25 전쟁 이후 종교단체나 피난민들의 '불법 점유' 성지였다. 무리를 이루고 권세를 가진 이들은 그 '권리'를 인정받아 눌러 앉거나 남산자락에 대체 용지를 얻어 뿌리를 내렸다. 반면 어디 가서 악다구니를 써볼 힘이 없던 러너 아주머니는 어디론가 떠나야 했다. 지금쯤은 돌아가셨을지도 모른다.

세월은 가고 사람도 가고 남산도 바뀌었다. 체육공원 자리는 흔적을 찾을 수 없고, 그 터 바로 옆에는 서울시에서 민간업자에게 사업권을 불하해 '남산도 식후경'(이전에는 목멱산방)이 영업 중이다. 깨끗한 한식당과 잘 정비된 화장실, 체육시설을 시민들이 누릴수 있게 된 건 감사할 일이다. 그래도 그때 그 투박한 베이스캠프가 그립다.

섬 트레일, 장봉도와 무의도, 석모도,

신도, 시도, 모도…… 산과 바다를 동시에

트레일러닝을 위한 산이 꼭 '뭍'에만 있으란 법은 없다. 산을 찾아 때론 섬으로 간다. 도시에서 자동차로 한 시간만 가면 아기자기한 섬들이 있다. 그 섬마다 제각각 나름 한 가닥씩 하는 트레일을 품고 있다는 게 반갑고 고마운 일이다. 특히 수도권 러너들에게 장봉도, 무의도, 신도, 시도, 모도, 석모도는 바다를 내려다보며 능선을 달릴 수 있는 천혜의 하이브리드 트레일러닝 코스다.

8월 22일(D-32) 찾은 섬 트레일 코스는 장봉도. 왕복23km 트레일이다. 인천 영종도 삼목항에서 배를 타면 신도를 거쳐 장봉도로 간다. 차를 싣고 갈 수도 있지만 산을 가는 마당에 짐만 된다. 삼목 선착장 무료주차장에 차를 세우고 페리 세종호를 탄다. 이때까지만 해도 아침 6시에 일어나 운전하고 온 탓에 눈은 구영탄* 같고 몸도 완전히 깨지 않았다.

아무나 갈 수 있는 산과 들과 도로인데 혼자 뛰면 되지 왜 굳이 돈 내고 뛰냐고 한다. 이날도 처음 왔다는 남녀커플 러너가 나한테 물었다. 아침에 눈을 뜨고 몸을 일으키고 문지방을 넘게

---

* 1980년대 말~90년대 초 인기 높았던 대본소 만화 주인공으로 게슴츠레한 눈이 특징이다.

해주는 강제만으로도 2~3만원 값은 한다. 방방곡곡 구석구석 뛰어 볼 만한 트레일을 사전 답사해서 GPS 파일로 올려주는 누군가*가 없으면 혼자서 처음 가보는 트레일을 밟아볼 엄두를 내기 쉽지 않다.

서해안 섬에서 열리는 산 트레일(등산)의 최고 매력은 산과 바다를 동시에 즐긴다는 것. 장봉도행 페리가 거쳐 가는 신도, 시도, 모도, 그리고 무의도, 석모도, 강화도 모두 서울에서 한 시간 남짓이면 갈 수 있는 섬 트레일의 최적지다. 능선을 따라 양쪽 바다를 눈 아래 내리깔고 달리며 환상의 경치를 즐길수 있다는 것도 섬 트레일의 매력이다.

섬 산의 높이는 육지에 비하면 대개는 뒷동산 수준이다. 장봉도 역시 최고봉인 국사봉**의 높이가 150m 밖에 안된다. 하지만 섬 산 고도는 에누리 없이 해발 0m부터 시작이다. 게다가 장봉

---

* 트레일러닝 매니아들 사이에 유명한 '명품 트레일러닝 대회'를 개최하는 이태재 대회장이 그런 '누군가'다. 부인 '향기'님과 함께 이 회장은 전국의 달리기 명소를 발굴해 매달 1~2회 소규모 풀뿌리 트레일러닝 대회를 연다. 울트라러너인 이 회장은 코스를 두 발로 뛰어서 답사하고 코스를 GPS 파일로 만들어 자료실에 올린다. 대회가 끝나면 직접 찍은 주로의 사진까지 실시간으로 업로드한다. 코로나 팬데믹 이전에는 매달 한 번 정도 대회를 열었는데, 코로나19로 정규 마라톤 대회나 대규모 트레일 울트라 대회가 열리지 못하게 된 이후 더 자주 대회를 열고 있다. 달릴 곳을 찾지 못해 금단증세에 시달리는 중독자들을 위한 것이다.

** 우리나라 산 이름 중 두 번째로 흔한 게 국사봉인데 전국에 43개가 있다. 가장 많은 이름은 봉화산으로 47개에 이른다.

도가 길 장(長)에 봉우리 봉(峰)이라는 데서 눈치를 챘어야 했다. 경사가 가파른 작은 봉우리들이 계속 이어져 있다. 봉우리마다 한 바가지씩 땀을 쥐어짠다. 13km까지 상승고도가 830m였으니 야산치곤 만만찮다.

트레일 코스의 압권은 섬 끝 가막머리 전망대를 돌아서부터 시작하는 해안둘레길. 해식 절벽을 따라가는 트레일이 절경이다. 절경을 감상하는 만큼 대가를 치러야 한다. 오르막내리막 계단이 즐기차게 이어지고 뾰족한 암석들이 발바닥을 찌른다. 눈이 누리는 호사보다 발바닥과 허벅지가 당하는 고통이 더 괴롭게 느껴지기 시작한다.

섬은 대개는 DNF(Do Not Finish, 중도포기)하기도 쉽다. 길이 계속 이런 난코스면 오후 2시 배도 못 타겠다 싶어 13km 지점인 장봉4리에서 둘레길을 벗어났다. 관통도로 따라 로드런으로 장봉 선착장으로 돌아왔다. 예정 코스에서 3km쯤 자체 다스카운트해서 들어왔다. 섬마을 관통도로 러닝도 나쁘진 않았다. 운 좋게 막 떠나려던 1시 40분 배를 탔다. 섬을 오가는 배는 철마다 주중 주말마다 시간표가 달라지기 때문에 미리 배 시간에 맞춰 러닝을 계획하는 게 좋다.

거꾸로 돌든 바로 돌든 섬 한 바퀴 돌아 원점으로 돌아올 수 있다는 게 섬 트레일의 특징이기도 하다. 2021년 3월 어느 휴일, 무의도 비대면 트레일 대회에서는 참가자들이 띄엄띄엄 떨어져 출발한 탓에 코스를 거꾸로 역주행하는 참사를 겪었다. 이불을 박차고 벌떡 일어나 러닝복으로 갈아입고 신나게 뛰쳐나가는 게 휴일을 맞는 주말 러너의 루틴일 거 같지만 (나는, 혹은 대부분의 러너는) 그렇지 않다.

"이불 밖은 위험해. 오늘은 비까지 오는데. 어제도 뛰었잖아."
"오늘은 다시 오지 않는다. 또 일주일을 기다려? 파도 소리, 나뭇잎 냄새가 그립지 않나?" 50분 같은 5분의 머릿속 사투를 거쳐 화장*까지 끝내고 겨우 문지방을 넘어선 게 오전 6시 30분. 그런데도, 영종대교 지나갈 때 후두둑 앞 유리창을 두드리는 빗방울이 굵어지는 게 반가웠다. 전날 마신 술이 깨지도 않은 채 즐기지도 않는 골프 약속에 끌려 나갈 때 간절히 기우제 올리던 그 심정이었다.

새벽 드라이브한 셈 치고 돌아가면 되지, 그렇게 생각하며 출발지 큰무리 선착장에 도착했다. 죄지은 놈처럼 차에서 내리지도 않고 훔쳐보니 역시 예상대로(?) 아무렇지 않게들 무의도 일주 트레일 코스로 하나둘씩 빨려 들어가고 있다. 주최 측도, 러너들도 아무런 망설임이 없다. 야속하게 빗방울도 잦아들더니

---

* 일어나자 마자, 혹은 문 밖을 나서기 전에 화장실에서 장을 비우는 것은 달리기뿐 아니라 일상생활에서도 낭패를 당하지 않기 위한 중요한 습관이다. 2008년 예테보리 하프마라톤 대회에서 스웨덴의 미카엘 에크발은 바지에 설사를 하면서 완주했다. 그의 모습을 담은 사진은 지금까지도 온라인 세상에 떠돌아다니며 러너들에게 경각심을 불러일으키고 있다.

이내 멈추고 만다.

그래, 일단 왔으면 달리는 거다. 그 넘기 힘든 문지방 넘어 나왔는데 빈 발로 돌아가는 건 애초에 있을 수 없는 일이지. 코로나 시대에 맞게 게릴라 대회로 진화한 '명품 트레일러닝 대회.' 출발 신호도 없고 기념 촬영도 없다. 도착하는 대로 알아서 출발하니 무리지어 달릴 일도 없이 혼자서 즐기는 거다.

반타이즈 차림이라 연이틀 내린 비와 바닷바람이 조금은 쌀쌀했지만 아무도 없는 해변 데크를 달리는 상쾌함으로 충분히 보상이 된다. 이른 시각이고 비 때문에 사람도 없다. 초반 무의도 해변 데크를 혼자 세 낸 황제 달리기. 산 기슭과 데크를 오르내리는 '환상의 길'(실제 여기 길 이름)이다.

오른쪽에 실미도의 윤곽이 안개 속에 희미하게 보인다. 저 정도 거리면 어지간히 수영할 줄만 알면 만조 때도 헤엄쳐 탈출할 수 있을 거 같은데. 이곳에 잡혀와 '김일성 목을 따기 위해' 짐승처럼 훈련 받다가 결국 자신들의 목숨을 역사 속에 바쳐야 했던 이들에게 저 바다는 이승과 저승을 가르는 '요단강'이었다. 이제는 영화 '실미도'로나 기억되는 그런 야만의 시절이 불과 50여 년 전이다.

말 그대로 아무도 없었다. 속도를 늦춰도 뒤에서 따라오는 사람도 없고, 발걸음을 빨리 해도 앞 주자가 보이지 않는다. 황제 러닝도 좋지만 그래도 좀 이상했다.

3분의 1쯤 가다 깨달았다. 코스를 거꾸로 돌고 있었다. 출발 직후 갈림길에서 앞서 달리는 한 분이 우회전하는거 보고 따라 갔었다. 꼭 그분 아니더라도 반시계방향으로 도는 게 사람 본능 아닌가? 나는 당연히 오른쪽에 바다를 두고 달리는 코스라 생각했었다. 나중에 이태재 대회장에게 들어보니, 시계방향으로 도는 트레일이 러닝에 조금 더 수월해서 코스 방향을 그렇게 했단다. 농구로 치면 상대방 골대에 슛을 날리는 곰바우 짓을 하고 있던 걸 제대로 확인한 건, 절반 못미쳐 하나개 해수욕장 인근이었다.

반대편(이게 맞는 방향)으로 출발한 1등 주자를 산길에서 마주친 것이다. "뭐 어차피 같은 한 바퀴지요, 허허!"하고 호탕하게 웃으며 인사하는 걸로 민망함을 감출 수밖에. 하지만 멘탈 일부 손상 탓인지 트레일러닝의 진수인 '알바' 행진을 이어갔다.

무의도의 최고봉 호룡곡산(해발 244미터 밖에 안 되지만 해발 0미터에서 시작하는 데다 나름 가파르다)에 올랐다고 생각했더니 "이 산이 아닌가?" 싶어 내려왔다가 다시 올라갔다. 국사봉에서 마지막 능선 길 스퍼트를 했더니 얼마 안 가 난데없이 계곡길 지나 해안도로가 나왔다. 결국 마지막은 도로 주행으로 마무리했다. 전에 한번 와 봤던 기억만 믿고 하나개에서 길을 잘못 든 탓이었다.

잊지 말자, 트레일러닝 알바 방지를 위한 철칙. 첫째. 산길샘

(등산 러닝용 GPS 지도 앱)이 쌤이다. 방향감각 믿지 말고 제발 GPS 좀 보자. 둘째. 이상하다 싶으면 되돌아가서 루트로 합류하자. 지름길 찾다가 지옥길로 간다.

나중에 보니 30여 명 되는 참가자 가운데 나하고 내 앞 주자, 이렇게 두 사람만 거꾸로 돌았다. 골인 지점 근처에서 짐 싸고 있던 내 앞 주자를 만났는데 (역주행 멘붕 탓이었는지) 중간에 포기했다고 한다.

좌로 돌면 어떻고 우로 돌면 어떤가. 섬 하나를 통째로 품었으면 그만이지. 보통 때 같으면 서해 바다를 양편에 내려다보는 장관이 펼쳐졌겠지만, 봄 구름 속 산책도 쉽게 누리기 힘든 호사였다. 더구나 그렇게 혼자서.

14km 거리가 좀 아쉬웠다. 반 바퀴쯤 더 돌았으면 싶었다. 돌아오는 길에 되새기는 러닝 수칙. "뛸까 말까 싶을 땐 뛰자!"

4

음주, 백신, 부상······ 위기의 연속

　　습관을 고치거나 새롭게 만들려면 적어도 3주, 21일은 지속적으로 해야 한다는 게 미국 의사 맥스웰 몰츠가 1960년대에 주장한 '21일 법칙'이다. 인간의 의심이나 고정관념을 관장하는 대뇌피질과 두려움이나 불안을 담당하는 대뇌변연계를 거쳐 습관을 결정하는 뇌간까지 정착하는 데 그 정도 시간은 걸린다는 거다. 달리기의 경우 21일이면 어느 정도 '적응'은 되지만 습관이 완전히 몸에 배려면 3주가 아니라 3개월은 걸리는 것 같다.

　　100일간 하루도 빼먹지 않으려다 보니 틈이 날 때마다 뛰어야 했다. 출근 전 한 시간 뛰고 출근하는 게 처음엔 힘들었다. 그러다 어느 순간부터 눈이 저절로 떠졌다. 물론 눈 뜬 다음에도 나갈까 말까 심적 내란 상태를 겪어야 했지만.

야밤 달리기는 전에는 거의 하지 않았었는데 100일 달리기 시작하고부터는 아침에 못 뛰면 밤에 뛰었다. 아침에 덜 뛰면 밤에 또 뛰는 '따블'도 마다하지 않았다. 이전엔 점심 약속 없으면 회사 앞 헬스클럽을 찾아 트레드밀에서 뛰었는데, 코로나 확산으로 클럽이 문 닫는 날이 많아졌다. 문을 열어도 러닝머신 속도가 시속 6km로 제한돼 '워킹머신'이 되곤 해서 집에서 꼭 뛰어야 했다.

취중주, '미쳤네' vs 'Respect'

100일을 못 견디고 동굴을 뛰쳐나간 호랑이, 나 역시 그렇게 될 뻔 했던 위기가 몇 차례 있었다.

8월 2일(D-52)이 100일 달리기 최대 위기였다. 시작할 때부터 우려했듯이 술이 웬수였다. 코로나19로 인한 사회적 거리두기 조치로 저녁 약속이 대폭 줄었지만 없어지지는 않았다. 저녁 약속이 있는 날은 오전에 뛰고 나가는 걸 원칙으로 했지만 이날은 일찍 월요회의가 있는 날이어서 아침엔 뛸 시간이 없었다. 그 전날 40km를 달려서 마일리지를 쌓았고 저녁 약속도 없으니 가볍게 밤에 달릴 계획이었다.

그런데 다음날 저녁에 보기로 했던 A사 윤 모 부사장이 퇴근 직전 전화를 걸어왔다.

"내일 어디서 볼까요?"

"글쎄요……좋으실 대로."

"근데, 오늘 약속 있수? 없으면 그냥 오늘 하지."

이럴 때 "저 오늘 아침에 못 뛰어서 밤에 뛰어야 하거든요," 이러면 얼마나 밥맛이겠어. 사회생활 이러면 안 되지. 100일 달리기 같은 건 '할 일 하면서' 뛰는 거다. 본업 팽개치고 뛰면 밥줄 끊긴다. 기자가 사람 만나는 건 본업에 해당한다. 더구나 평소 존경하는 선배인데. 1초도 망설이면 안 된다. "좋죠, 좀 이따 뵐게요."

그렇게 시작한 자리가 둘이서 와인 1병, 소주 3병, 뛰기도 안 뛰기도 애매한 음주량이다. 신기한 게 술 마시면 몸은 처지는데 머리는 달리기 본능이 살아난다.

10시 반에 러닝 팬츠 입고 나가려는데 딸아이가 방문을 가로막고 선다.

"술 먹고 뛰면 죽어, 심근경색 오는 거 순간이야."

"놔라."

비장하게 길을 나섰다. "나적나 달적가!"(나의 적은 나, 달리기의 적은 가족) 비틀비틀, 휘적휘적, 시속 7km 속도로 달렸다. 이건 뭐 달리기가 아니고 공기 속 헤엄치기 수준이다. 어쨌든 5km를 달리고 들어왔다. 그렇게 취중주로 48일째를 넘겼다.

취중주 이야기를 페이스북에 올렸더니 '일반인'님들의 댓글과 '달리기 미친님'들의 댓글 반응간극이 풀코스 거리만큼 멀었다.

(일반인들 댓글)

- 미쳤구만. ㅜㅜㅜ

- 미쳤구만 2.

- 가족말 들으~~

-그래도 술 먹고는 하지마세요 ㅜㅜㅜ 취재원 중에 술 먹고 아파트 계단 오르내리기 하시다 돌아가신 분이 있습니다 ㅜㅜ

- 안 돼요. 위험해요.

- 이 냥반이 청춘인줄 아싱가비네.....

- 왜 그러시는 거에요~~~^^;;

- 음주육상 엄금! 위험해요.

- 전에 술 마시고 달린다고 쓰셨을 때 설마 했는데. 불행이 나만 비켜간다 자신하시는 거 같아 걱정되네요. ㅜㅜ

('미친님'들 댓글)

- Respect. 멋지십니다.

- 대단한 정신력에 힘을 보탭니다.

- 파이팅!!^^

- 음주의 정석!!!!

코로나 와중에? 그래도 달리는 게 맞다

또 한 번의 고비는 코로나19 예방접종이었다. 64일째인 8월 18일(D-36) 아스트라제네카 백신 2차 접종을 했다. 백신 맞고 곧바로 달리다 부작용이라도 생기면 "매일 10km 뛰던 멀쩡한 아재, 백신 맞고 중태" 이런 기사로 언론들이 포털을 도배해 방역전선에 누를 끼칠 텐데.

그래서 접종 당일 무리하지 않는 차원에서 출근 전 5km 몸 풀기, 접종하고는 30시간 정도 경과한 뒤 저녁 퇴근 후 5km 서행 회복주로 웅녀 프로젝트를 이어갔다. "아스트라제네카는 2차 접종 때가 1차 때보다 훨씬 수월하겠지만 무리하지는 말라"는 의사선생님 말씀을 충실히 따랐다. 무리한 건 아니라는 말이다.

아스트라제네카 백신은 젊을수록 접종 후 고열 등이 심하다고들 했다. 100일 달리기 시작 전에 접종한 1차 때는 '덜 아재' 체면 세워주느라 그랬는지 38도 가까이 열이 오르고 근육통도 약간 있었는데 2차 때는 정말 미열도 없이 넘어갔다.

코로나 시국에 꼭 달리기를 해야 하느냐고 곱지 않은 시선을 보내는 사람들도 적지 않다. 이탈리아 소도시 델리아 시장이 "이렇게 해서 코로나가 잡히겠어? 응?"하고 분노하는 동영상이 유튜브에서 화제가 된 적도 있다. 쇼핑, 이발, 바비큐파티, 이런 것들 하는 사람을 비난하면서 "코앞에 학교 운동장이 있어도 안 뛰던 사람들이 왜 갑자기 조깅을 하고 난리야"라고도 했다. 장례도 제대로 치르지 못한 사망자들의 시신이 거리에 방치되고, 전국에 봉쇄령이 내린 상황에서 충분히 공감 가는 말이다. 미국이나 유럽 국가들은 초기 대응에 실패해 엄청난 희생자를 내고 이동의 자유마저 제한되는 비용을 치러야 했다.

우리는 철저한 방역과 역학조사, 의료시스템, 국민 협조로 초기 팬데믹을 버텨냈다. 오미크론 확산세로 확진자가 폭증했지만 최대한 일상생활을 유지하고 피해를 줄여왔다. 물론 우리 주변에도 많은 희생이 있었고 이들의 비통함은 남의 일이 아니다. 그럼에도 우리는 코로나와의 전쟁을 최소한의 희생으로 이겨내고 있다.

대규모 인원이 모이는 대회는 사라졌지만 제한적으로나마 달리기를 이어갈 수 있었던 것은 대한민국에서 태어난 행운이 있었기에 가능했던 일이다. 코로나 방역수칙을 지키면서 스스로 면역력을 기르는 '방어 러닝'은 코로나 시대에 오히려 필요한 거라고 생각한다. 코로나는 단기간에 '박멸'되지 않을 것이다. 코로나 같은 바이러스와의 전쟁은 장기전이다. 장기전에 임하는 인간 입장에서 백신이 공격용 무기라면 방어 무기는 면역력이다. 달리기는 전쟁에 임하는 인간들의 면역력을 키우기 위한 기초 군사훈련이다.

오지 마라토너 김경수 씨는 "달리기는 코로나 바이러스에서 나를 지키기 위한 최선의 선택"이라고 말한다. "운동을 하면 체온이 올라간다. 몸에 열이 생기면 체온이 향상되고 체온 1도가 올라가면 면역력이 5배가 된다." 면역력의 핵심이랄 수 있는 심장과 폐기능 강화, 그리고 혈액순환에 달리기만큼 좋은 운동이 있을 수 없다. 모든 운동의 시작과 끝이 달리기라는 건 상식이다.

물론 코로나 시대 달리기, 몇 가지는 주의해야 할 것 같다.

마스크 쓰고 달리는 것까지는 힘들어도 누군가와 나란히 손잡고 달리지는 말 일이다.(대부분의 러너들은 해당 사항 없을 듯.)

비말이나 분비물 등 직접 접촉이 없는 야외에서의 감염 가능성은 크지 않다는 게 전문가들의 지배적인 의견이다. 그래도 가급적 한적한 곳에서, 주변 사람과 2미터 정도는 떨어져서 달리는 게 좋겠다.

사람 있는 데서 제발 침 좀 뱉지 말자.(나 역시 달리는 도중에 마주오는 자전거 라이더가 침을 탁 뱉는데 맞지는 않았지만 욕이 절로 나온 적도 있다.)

생전 안 뛰다가 갑자기 몇 km씩 뛰거나, 평소 달리기 거리를 넘어 무리하게 뛰는 건 오히려 면역력을 약화시키는 만큼 적당히 달리고 푹 쉬는 게 좋다. 달리고 나서 깨끗이 씻는 건 당연한 일이고.

영화 〈지푸라기라도 잡고 싶은 짐승들〉에서 조폭에 의해 불태워지는 집을 바라보며 망연자실한 아들(배성우)에게 치매 끼가 있는 어머니(윤여정)는 이렇게 말한다. "전쟁 때는 더 했다. 몸만 성하면 괜찮아."

가진 것 없는 사람들의 마지막 보루는 몸뚱어리다. 코로나19 전쟁터 같은 상황에서는 더욱 그렇다. 계족산 황톳길을 만든 러너 조웅래 맥키스 컴퍼니 회장이 달리고 나서 늘 외치는 한마디가 있다. "몸이 답이다!"

추석 연휴, 폭우 속 우산주

마지막 위기는 피니시 이틀 전 D-2에 찾아왔다. 추석 당일 고향인 광주 갔다 올라오는 고속버스 귀경길이 5시간 반이나 걸렸다.(28년 전 17시간 운전했던 거에 비하면 광속이지만.) 늦게 먹은 저녁 소화시키느라 퍼져 있다가 창밖을 보니, 어라 폭우가 쏟아지네? 잦아들겠지 했는데 웬걸 천둥 번개까지, 그것도 꽤나 가까이서 번쩍 쾅쾅. 시간은 어느덧 자정으로 가는데.

"100일이 뭐라고, 97일 했으면 됐지. 아무리 우중주가 좋다고 해도 이건 아니지." 이런 생각을 하다가 자정을 30분 앞두고 분연히 일어섰다. 마지막 마늘을 한웅큼 입에 털어 넣었을 웅녀 할매의 결기를 떠올리며.

낮이라면 아무리 폭우라도 그냥 우중주를 즐겼겠지만 어두운 밤에 버킷으로 쏟아붓는 빗물이 안경을 가리면 그렇잖아도 어두운 주로를 달리는 게 불편할 수 밖에. 하는 수 없이 우산을 들고 나섰다. 가장 가벼워 보이는 편의점 4000원짜리로. 주로에서 비 오는 날 애인 우산 씌워서 뛰는 청춘을 본 적은 있지만 내가 우산 쓰고 뛰어 보기는 처음이다. 우중주를 넘어 우산주. 살다 보니 별 짓을 다 한다.

막상 해보니 이런 날은 우산주도 괜찮군 싶었다. 일단 얼굴에 비가 정면으로 들지 않으니 시야가 확보된다. 상체가 덜 젖으니 체온도 유지된다. 사람이 없으니 한갓지다. 바람이 그리 심하지 않아 우산주가 가능했다. 그런데 우산의 연식이 상당했던 모양이다. 1km 뛰다보니 손잡이 부분이 피로골절(앞으로 닥칠 불행을 예고하는 것이었는데 이유는 뒤에 나온다)이라도 되는 듯 힘없이 꺾여버렸다. 너도 애썼다.

그래도 우산대 중간을 잡고 "싱잉 인 더 레인(Singing in the rain)"을 부르는 기분으로 러닝 인 더 레인을 했다. 아닌 게 아니라 뛰다 보니 가수 헤이즈의 히트곡 "비도 오고 그래서 니 생각이 나서……" 같은 노래도 저절로 입에서 흘러나왔다.

느지막이 산책이나 자전거 라이딩 나왔다가 황급히 피신하거나 비 그치기를 기다려보는 몇몇을 빼곤 한강변이 온통 내 차지, 황제 달리기다. 언제 여름이 있었냐는 듯 차가워진 공기에 빗물로 샤워하는 맛도 좋고, 초딩 애들처럼 철적철적 물웅덩이

밟는 스텝 소리도 경쾌했다. 군데군데 발목까지 차오르며 폭포수처럼 한강 둔치 주로를 쓸어내리는 빗물 속에서 3km만 몸 담그고 왔다.

　이미 자정을 넘긴 시각, 인적 끊기고 추적추적 비 내리는 한강의 한기가 으스스해지기도 했다. 새벽 우중에 까만색 러닝 셔츠와 팬츠에 하얀 우산 쓰고 뛰어다니며 호러 무비 찍는 건 그 정도로 그만. 충분히 즐거운 우산주였다.

5

러너의 숙명, 복병들

러너의 진짜 위기는 술이나 날씨 때문이 아니라 부상으로 다가온다. 부상은 운동과 뗄 수 없는 관계다. 하루 두세 끼 먹는 밥도 때론 체하기도 하고 식중독을 일으키듯 달리기도 하다 보면 당연히 탈이 난다. 그렇다고 구더기 무서워 장 못 담글 건 아니다. 부상은 당하지 않는 게 아니라 조기에 발견하고 적절한 치료를 하고 충분히 휴식을 취하는 게 상책이다.

달리기 부상의 세계는 무궁무진하다. 100일 달리기를 시작한 지 열흘 조금 지났을 즈음 거위발건염의 징후가 나타났다. 무릎 안쪽 근육과 뼈를 잇는 거위발 모양의 건(腱)에 무리가 가서 생기는 통증이다.

거위발건염과 더불어 장경인대염과 족저근막염. 내가 겪어본, 그리고 러너들이 가장 흔히 겪는 3대 부상이다. 장경인대염은 허벅지와 무릎을 잇는 장경인대의 이상으로 생기는 무릎 바깥쪽 통증이고, 족저근막염은 발바닥근육을 감싸고 있는 막에 생기는 염증이다.

'뛰어라' vs '말아라' 의사의 처방

달리기 관련 부상에 대한 의사들의 처방은 크게 두가지로 갈린다. 말아라 vs 뛰어라.

7월 16일(D-69)에도 오른쪽 복사뼈에 이상 징후가 나타났다. 20년 가까이 주말 러너로 살아왔지만 매일 달리기는 처음이라 몸이 적응하는 과정에서 여기저기서 경고 신호를 보내는 것이었다.

양의사와 한의사 자격증을 동시에 갖고 있는 회사 근처 H의원 원장님은 침, 뜸, 부항, 고주파, 체외충격파, 주사, 파스, 처방약에 이르기까지 할 수 있는 모든 요법을 한꺼번에 동원해 융단폭격을 해준다. 비용도 2만 원을 넘지 않는다. 치료할 때마다 "달리기는 나이 들어 해서는 안 되는 운동"이라는 지론을 설파한다. 어쨌든 치료 효과가 확실하기 때문에 평소에도 달리기 근육계통에 조금이라도 이상 징후가 보이면 달려간다.

증세가 조금 오래 간다 싶어서 엑스레이를 찍으러 갔던 C정형외과 의사는 자신도 테니스 광이라며 이렇게 말했다. "달리기로 인한 부상은 약이 없어요. 고치려고 찾아온 게 아니고 언제 다시 뛸 수 있나 물어보려고 오신 거잖아요? 그런데 이제 나이도 드셨으니 달리기는 그만 하시죠." 부상의 상태나 정도에 따라 충분한 휴식을 취해야 한다는 게 '말아라' 학파 의사들의 요지다. 절대적으로 옳은 말이다.

하지만 부상의 상태나 정도에 따라 무리하지 않는 선에서 달리기를 해야 한다는 '뛰어라' 학파 의사들의 처방 역시 절대적으로 옳은 말이다. '뛰어라' 학파는 '달리는 의사회' 계열 러너 겸 의사들이 대부분이다. 치료와 더불어 적절한 운동을 해서 근육을 강화해야 한다는 지론이다.(물론 이 분들도 뛰어서는 안 되는 사람들에게는 달리기를 권하지 않는다.)

2019년 서울국제마라톤 하루 전날 장경인대염 증세로 김학윤 정형외과 신세를 진 적이 있다. 의사(김학윤 원장)와 환자(나) 사이에는 이런 대화가 오갔다.

의사: 풀코스는 몇 번이나 뛰었나요? 기록은요?(어디가 어떻게 아프세요? 이런 게 아니다.)

환자: 최고 기록은 3시간 25분입니다. 풀코스 완주는 사오십 번 정도…….

의사: 10km는요?

환자: 42분이나 43분 정도 됩니다.

의사: 10k에 비하면 풀코스 기록이 균형이 안 맞네요. 39분정도까지 스피드를 올려야겠어요.(마라톤 코치 처방인지 의사 처방인지 알 수가 없다.)

환자: 회사 앞 병원에서 엑스레이 찍어보니 거위발건염이라며 뛰지 말라고 하던데요.

의사: 허이구, 참내. 나도 거위발건염 달고 살아요. 지난주에 제주 울트라 대회 뛰었어요. 태어날 때부터 평발이고, 한쪽 발이 완전히 무너져서 거의 한쪽 발로만 뜁니다. 그러다 보니 속도가 안 나지만.(무척 속상한 표정이다.) 뛰세요. 아프면 멈춰야 하는 게 아니고 속도를 늦추면 돼요. (엑스레이 사진을 보여주며) 이거 선생님 무릎 사진인데 보세요. 상태 아주 좋아요. 무릎 뼈 관절 표면이 둥글둥글 예쁘잖아요. 뼈 간격 여유 있고, 접합부위 관절 뼈 위치도 훌륭합니다. (상태 안 좋은 환자 사진 보여주며) 이런 환자는 뛰면 안 되고 사이클도 안 돼요. 선생님은 뼈가 안 좋은 게 아니고 근육의 문제니까 근육만 회복하면 아무 문제 없어요. 근육은 안 쓰면 회복이 늦어집니다. 관절이 문제가 아니고 인대 근육이 문제인 경우가 많은데, 심지어 대학병원에서도 관절 수술하고 뼈 깎는 위험한 수술을 해서 완전히 다리를 망칩니다.

환자: (의사가 이렇게 자료까지 들이밀며 말하는데 맞장구를 안치는 건 환자의 도리가 아니다.) 맞아요. 무릎 아낀다고 안 망가지는 게 아니죠. 안 쓰면 더 망가지죠. 아끼다 똥 된다가 제 지론입니다.

의사: 당연하죠. 제 나이 60인데 친구들 중에 아직도 멀쩡한 건 저 밖에 없어요. 다리 아낀다고 안 뛰다가 심장 망가지죠. 다 늙어서야 뛰어 보려고 하면 너무 늦고.

환자: (의사와의 상담이 아니라 동호회원 수다 모드로 전환한다.) 제가 주중에는 맨날 술로만 달리다가 주말에 한꺼번에 많이 뛰니 탈이 나나 봅니다.

의사: 주중에 시간 안 나면 일주일에 한 번이라도 서너 시간만 잘 생각하고 밤에 뛰세요. 안 뛰면 회복하는 데 시간이 더 걸립니다. 걱정마세요, 내가 뛸 수 있게 만들어 드릴 테니.

그렇게 해서 나온 최종 '처방'은 이랬다. "내일 동아마라톤 풀코스는 4시간 20분 속도로 천천히 뛸 것."(물론 물리치료도 한 시간 넘게 집중적으로 받았다.)

"전적으로 믿으셔야 합니다." 한때 유행한 케이블TV드라마 〈스카이캐슬〉의 김주영 쓰앵(선생님)이 마라톤계에 강림한 듯한 말씀이다. 김학윤 원장은 마라톤 어지간히 한 사람들은 다 아는 '달리는 의사들' 고려대 모임의 핵심 멤버다. 2000년부터 20여 년째 달리는 중이다. 몇 해 전부터는 철인 3종계에 입문해 아이언맨 킹코스(수영 3.8km, 사이클 180km, 달리기 42.195km)까지 즐긴다.

달리는 발걸음이 처질 때, 내가 왜 달려야 하나 하고 의심이 들 때, 이렇게 달리다간 늙어서 고생하겠다는 생각이 들 때, 이러다 평생 못 달리는 건 아닌가 하고 불안해질 때, 쉬어야 할지 달려야 할지 듣고 싶을 때, 그리고…… 달리기 멘토가 필요할 때, 꼭 만나야 할 부흥 전도사다.

아픔보다 창피함이…… 타박상은 생활

까만 발톱은 러너의 상징이다. 발톱과 신발 내측이 끊임없이 마찰을 일으키고, 돌부리 같은 장애물에 채여 피멍이 들기 때문이다. 발뿐 아니라 무릎과 손의 타박상은 러너들에게 일상이다.

7월 15일(D-70) 아침 러닝 코스로는 처음 달려보는 석촌호수 둘레길을 둘레둘레 구경하며 뛰다가 넘어졌다. 석촌호수 길은 우레탄 바닥이라 마찰이 심해 신발 앞부리가 조금만 걸려도 넘어진다. 무릎이 까졌다. 아스팔트였으면 피 줄줄 날 뻔했다. 이럴 때 (다들 그렇겠지만) 넘어진 아픔보다 남들이 쳐다보는 창피함이 더 크다. 재빨리 일어나서 괜히 땅바닥을 향해 눈을 부라리고는 다시 뛴다. 한강 둔치 주로를 달리면서는 길바닥에 남아 있던 볼라드(bollard)[*] 고정용 나사못에 걸려 넘어지기도 했다.

---

[*] 차량진입 방지를 위해 설치하는 막대. 도로에 돌출된 나사못으로 인한 사고를 막기 위해 최근에는 국토건설부가 나사못을 고정형이 아닌 매립형으로 시공할 것을 지자체에 권장하고 있다.

체력이 고갈되면 발을 드는 높이가 낮아진다. 땅바닥을 딛고 나가는 순간은 길이 조금만 울퉁불퉁하거나 1~2cm 높이의 장애물만 튀어나와 있어도 넘어지기 십상이다. 길바닥에 남아 있는 볼라드 나사못과 더불어 러너들을 도로에 나뒹굴게 만드는 물건이 도로표지병(roadstud)*이다. 그 금속덩어리에 부딪혀 발톱이 빠져본 사람은 안다. 눈에 보이는 커다란 바윗돌이 아니라 발끝에 살짝 채이는 조그만 '걸림돌'이 사람을 넘어뜨린다는 것을.

20년 전 중앙마라톤이 열렸던 11월 2일. 그날의 아픔이 순간적으로 머리를 스쳐갔다. 발끝에 걸리는 둔탁한 느낌과 함께 내 몸은 순식간에 차가운 아스팔트 위를 나뒹굴었다. 나도 모르게 벌떡 일어나 다시 몇 발 뛰어봤지만 이내 도로 한켠에 쪼그리고 말았다. 권투경기에서 정통으로 한 대 얻어맞고 다운된 선수가 무의식 중에 벌떡 일어났다가 다시 고꾸라지는 그런 꼴이었다. 2~3분 뒤 몰골을 살펴보니 장갑은 찢어지고 왼쪽 허벅지와 팔꿈치가 아스팔트에 쓸려 피가 배였다. 거기까지는 좋은데 왼쪽 엄지발가락이 망치로 얻어맞은 듯한 통증 때문에 발을 내딛기가 힘들었다. 그제서야 '그놈'을 바라보니 도로 한가운데 중앙선에 박혀있는 야광판이 붙은 쇳덩어리였다. 그땐 그놈의 이름

---

* 속칭 캣츠 아이(cat's eye)라고도 한다. 중앙선을 선명하게 보이게 하기 위해 발광체를 장착한 높이 1~2cm의 조그만 금속덩어리.

이 '캣츠 아이'라는 것도 몰랐다.

오전 9시 출발을 알리는 축포를 뒤로 하고 롯데월드-석촌호수-탄천교-세곡동-판교지하차도를 기분좋게 달려 왔었다. 단풍이 한창 물들어가는 길 옆 가로수의 향기, 섭씨 10도나 될 듯한 기가 막힌 날씨, 탁 트인 도로, 손을 흔들어주는 행인들……. 더할 나위가 없었다.

벌써 반환점을 돌아오는 선두 아프리카 선수의 미끈한 몸매와 피스톤 같은 발놀림에 환호성을 질렀다. 이어지는 '고수'들의 면모를 바짝 붙어보면서 힘을 얻고자 19킬로미터 지점부터 중앙선에 붙어서 달린 게 화근이었다. 게다가 결정적으로, 눈앞에 나타난 아줌마 고수의 몸매와 부드러운 주행을 감상하면서 긴장을 푼 순간 하필이면 '고양이 눈'에 걸려든 것이다.

하지만 이미 절반은 온 것, 어차피 돌아가야 할 거면 가는 데까진 가보자. 반환점 돌아 2~3킬로미터를 최대한 오른쪽 발에 체중을 실어 달렸다. 한쪽발이라도 멀쩡하니 다행이었고 오른발이 너무 대견했다. 몸의 어느 한 부분이 너무 아프면 다른 근육들이 군말 없이 제 할일을 한다. 그래도 한계는 있다. 마음속으로 왼발은 물론 다른 신체 구석구석에 모르핀을 놔 가며 마지막 5킬로미터는 거의 다리를 질질 끌고 갔다. 그 와중에도 4시간 안에는 들어왔다는 만족감이 드는 건 뭔지.

신발을 풀고 양말을 벗어보니 왼쪽 엄지발가락이 푸르딩딩

부어오르고 발톱이 들뜬 게 물에 빠진 시체에 붙어있는 살점 같다. 집앞 병원 응급실에 갔더니 뼈에는 이상없다며 덧나지 않게 주사 놓고 약을 줬다. 인턴 같아 보이는 젊은 의사가 궁금한 듯 "뭐하다 이렇게 됐죠?"한다. "그냥 좀 뛰다가……"라는 대답에 한 번 더 힐끔 쳐다본다.

며칠 뒤 빨갛게 달군 바늘로 발톱에 구멍을 내자 고인 피가 분수처럼 솟구쳤다. 수명을 다한 발톱을 떠나 보내고 난 그 경험 이후로는 도로를 달릴 때 중앙선 가까이는 절대로 가지 않는다.

대회가 아닌 일반 주로에선 뒤에서 자전거라도 고속으로 따라올 때 넘어지면 큰 부상이다. 가급적 인도로 뛰는 게 맞지만 사람이 너무 붐비거나 그늘이 자전거도로 쪽에 있으면 발길이 그쪽으로 가게 된다. 나도 철인 3종 대회 시즌이 되면 로드 자전거를 자주 타지만, 특별히 자전거 전용도로라고 쓰여 있지 않는 한 한강둔치 산책로 같은 도로는 자전거 '전용'이 아니라 사람과 같이 쓰는 공간이다.

라이더들은 달리기 주자들에게 적대감을 보이고, 나도 자전거 탈 때는 걷거나 달리는 사람들이 짜증날 때도 있다. 하지만 아이들이 해맑게 놀다가 부지불식간에 도로로 뛰어들 수도 있고, 한강변에 몇 번 와보지 않은 사람들은 자전거가 그토록 많이 빠르게 지나가는 줄 모르고 여유 있게, 그것도 옆으로 나란히 손잡고 산책하기도 한다. 뭐든지 역지사지, 한 번씩 해보면 이해하게 된다. 자전거가 속도를 줄이고 조심하는 게 맞다.

6

100일 달리기가 남긴 것

100일 장정을 마치기 하루 전, 추석 연휴 마지막 날인 9월 22일(D-1).

전날의 폭우가 언제 있었냐는 듯 푸른 하늘에 해도 구름 사이로 들락날락 바야흐로 완연한 가을날이다. 차례상 과식 반성도 할 겸 조금 길게 뛰고자 했는데 20km 지점에서 이상 신호가 왔다. 왼쪽 복숭아뼈(복사뼈) 바깥쪽이 욱신거린다. 누구한테 채이거나 삔 적도 없는데.

장딴지 허벅지 뒤쪽이 약간 저리는 느낌이 있는 거 보면 '비골근(건) 손상' 같은 건가. 검색해보니 비골건(腱)이 손상되면 복사뼈가 붓고 통증이 있다고 한다. 평소 발을 많이 사용하거나 심한 운동을 하는 직업군에서 많이 나타난다나.(기자도 발로 뛰어야 하는 직업이긴 하다.)

100일 달리기의 마지막 날인 다음날. 즉시 병원에서 물리치료를 받고 파스 위에 테이핑, 그 위에 발목 보호대까지 더해 '발목 보강공사'를 했다. 퇴근할 때까지도 통증을 느끼며 "100일 달리기가 아니라 99일 달리기로 마감할까, 그깟 하루 차이가 무슨 대수라고"하는 생각을 했었다.

하지만 1km를 달리더라도 유종의 미를 거두는 게 웅녀의 자손으로서 마땅히 가져야 할 도리. 살금살금 고양이 걸음을 하며 가을 밤 공기를 들이마셨다. 일단 길에 올라서면 발은 움직이고 몸은 굴러가게 마련이다. 1km당 8분의 저속 조깅 속도로 자제하면서 3km를 달리는 것으로 마무리했다. 생각 같아선 잠실운동장이라도 빌려 축하 파티를 벌이고 싶었지만 거리두기 4단계 방역수칙을 준수하기 위해 맥주 한 캔으로 홀로 조용히 자축했다.

100일 달리기 이전부터 애용했던 러닝화는 1000km 넘게 달리고 나니 밑창이 찢어져 회복 불능이 됐다. 임무를 마친 이 친구에게 작별인사를 했다. 대신 매끈하게 빠진 최고급 세단 같은 러닝화를 스스로에게 선물했다. 목표를 달성할 때마다 부려보는 작은 사치는 즐거운 기억과 함께 새로운 동기를 불러일으킨다.

100일 달리기가 확실하게 남겨준 것은, 비가오나 해가 쨍하나, 평일이나 휴일이나, 낮이나 밤이나, 술에 취했거나 맨정신이거나, 어떤 핑계가 있어도 매일 뛰는 게 습관이 됐다는 것이다.(적어도 지금까지는.)

100일 달리기 하는 동안 '대단하다' '독하다' '멋있다' '미쳤다'는 소리를 듣곤 했다. 딱히 돈 드는 (혹은 버는) 일도 아니고, 머리 쓰는 일도 아니고, '손발 쓰는 일'일 뿐인데(발만 아니라 손동작도 달리기에선 매우 중요하다) 뭐 그리 대단하다고.

이렇게 겸손을 떨긴 하지만, 남에게 인정받고 싶은 욕구는 사람의 중요한 본능 가운데 하나다.

주변 사람들에게 칭찬받고, 자기 자신에게 반복해서 외쳐야 발걸음을 계속 옮길 용기와 힘이 생긴다. 이렇게 말이다.

"나는 달린다, I Run!"

뼈 빠지게 일은 못해봤지만

피로골절: 오랜 기간 특정 부위에 지속적인 충격이 가해져 뼈에 금이 가는 증상. 주로 발가락, 발목, 정강이 뼈에 나타난다. 축구, 배구, 마라톤처럼 발을 많이 쓰는 운동을 하는 사람들이 많이 당하는 부상이다. 처음에는 뼈에 가느다란 실금이 가는 상태여서 엑스레이로는 발견이 어렵고 MRI를 찍어야 나오는 경우가 많다.

초기에는 수술하지 않고 안정을 취하거나 깁스를 해서 뼈가 붙을 수도 있다. 나의 경우는 통증이 나타난 지 한 달 반 정도가 지나버려 엑스레이 상으로도 보일 만큼 선명히 금이 가 있었다. 의사 말에 의하면 통상적인 러닝을 하다가 뼈가 부러지는 일은 드물고, 이전에 그 부위에 충격이 가해지거나 심하게 접질러서 약해져 있었을 가능성이 있다고 한다. 트레일러닝 하다가 바위에 발목 부딪히고 접지르는 일이야 늘 있었으니 그럴지도 모른다. 20년 넘게 달렸으니 나사 한 번 조일 때가 되기도 했을 것이다. 그게 100일 달리기를 계기로 나타났을 법도 하다. 처음 며칠 간은 잘 걷지 못할 정도로 아팠는데 물리치료를 하니 나아지는 듯했다.

군에서 첫 휴가 나온 아들이 아버지와 같이 달리고 싶다기에 10km를 기분 좋게 뛰었다. 군대 가기 전엔 1킬로미터를 5분(시속 12km)에 겨우 달리던 아들이 나를 앞질러 가는데 한편으론 기분 좋으면서도 지기 싫어 나도 속도를 냈다. 벼르고 별러 등록한 방선희 마라톤 아카데미의 매주 주말 수업도 빼먹을 수 없었다. 빡쎄기로 정평난 수업이지만 눈 딱 감고 뛰었다. 제주도 출장 가서도 아침에 일어나 해장주를 빼먹지 않았다. "설마 부러지기야 했을까"라고 생각하며. 그렇게 한 달을 평상시처럼 달렸다.

어지간한 근육통이나 건염은 1~3주 휴식하고 물리치료하면 회복된다. 이번에도 그러려니 했다. 그런데 한 달이 넘어도 통증이 사라지지 않았다. 설마가 실제상황일 것 같은 불길한 느낌이 들었다. 결국 명성만 들었던 '달리는 의사회' 초대회장 이동윤 원장이 운영하는 외과의원을 찾아갔다.

발목 부위를 만지고 몇 마디 묻더니 대번에 "피로골절일 수 있으니 엑스레이를 찍어보라"고 답을 내놓았다. 덧붙여 "우리가 너무 늦게 만났다"고 했다. 뭣하다가 이제 왔느냐는 말씀이다. 교훈은? 달리다 생긴 부상은 달리는 의사한테 빨리 가야 한다.

칼잡이(외과의사)들 사이에 명의로 소문난 40년지기 김준한 원장이 운영하는 더본 병원으로 곧바로 달려가 족부전문의에 게 수술을 받고 철심, 정확히는 티타늄심을 박았다. 이제 '600 만 달러의 사나이'가 됐으니 펄펄 날아다닐 거라고 위안을 삼았다. 입원 일주일 만에 퇴원했지만 그 뒤로도 근 두 달간 깁스에 목발 신세를 져야 했다.

대충 조그만 나사 하나 박는 줄 알았더니 생각보다 큰 공사다. 근력 복원력이 괜찮을 걸로 믿고 작은 걸 썼다는데도 6cm짜리 티타늄심은 내가 보기엔 '대못'이었다. 겪어본 요로결석통증이나 치질 수술 후의 통증에는 못 미치지만 수술 후 하루이틀은 진통제가 필수였다. 짧게는 6개월, 길게는 1~2년 뒤 티타늄심을 빼는 수술을 다시 해야 한다. 몸에 담고 살아도 된다지만 격렬한 운동을 하면 나사가 빠지거나 티타늄심 끝부분과 뼈의 마찰로 골절이 생길 수도 있기 때문이다.

"어쩌다가 그랬나……"라는 사람들의 걱정 속에 '그럴 줄 알았다, 어지간히 하지, 이제 그만하라는 신호다'라는 속내가 전해져 왔다. 하지만 밥 먹다 체했다고 숟가락 아예 놓을 수 있나. 오래 살겠다고, 살 빼겠다고, 기록 세우겠다고, 그런 식의 목표만 갖고 하는 행위는 오래 가지 못한다.

달리기건 다른 운동이건 카르페 디엠, 달리는 순간 자체가 즐거움이라야 한다. 부상과 극복 과정도 즐기는 거다. 운동은 육신수련이기에 앞서 정신수양이다. 어차피 머잖아 썩을 육신, 아낀다고 안 쓸 게 아니라 아껴가며 최대한 오래오래 잘 쓰자는 생각이다. 이쯤 해서 나만 아는 우리집 가훈을 다시 한번 복창한다. "아끼다 똥 된다."

이 대목에서 생각나는 시 구절이 있다. "연탄재 함부로 발로 차지 마라 / 너는 / 누구에게 한 번이라도 뜨거운 사람이었느냐." 내 마음대로 표절해본다. "무릇 함부로 대하지 마라 / 넌 한 번이라도, 네 무릎처럼 몸이 으스러지도록 봉사해본 적이 있더냐 / 네 무릎 말고 남한테 이렇게 지독하게 굴어본 적은 있더냐." 아무튼 하나는 분명하다.

뼈 빠지게 일은 못했지만
뼈 부러지게 달려는 봤다.

Part 2

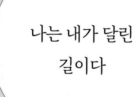

나는 내가 달린
길이다

달리며 보았던 것들은

나에게 스승이 되고,

들었던 이야기들은 교과서가 된다.

만났던 사람들은 친구로 남는다.

1

다시 달릴 수 없는 그곳 금강산

"동무, 껌 씹지 말라요."

관광버스에 올라타 검문에 나선 북한 병사가 맨 뒷좌석에 앉아 있던 사람에게 쏘아 붙였다. 그 남한 아저씨, 아마도 긴장감을 달래려 껌도 씹고 다리도 꼬고 앉아 짐짓 여유를 부려 보았을 것이다. 북한 병사의 '눈총'을 맞자 껌 씹던 입은 얼어붙었고 반사적으로 차렷자세가 됐다. 2004년 2월 6일 북한 금강산에서 열린 마라톤 대회 참가를 위해 '월북'하던 관광버스 안 풍경이었다.

여객선 관광에 이어 육로관광까지 허용되는 화해국면에 접어든 시기였지만, 여전히 남북은 전쟁 중이고 금강산은 '적지'라는 게 실감날 수밖에 없었다. 1998년 관광 개방 이후 금강산은 남한 관광객으로 북적였지만 아무래도 한겨울은 비수기였다.

효도관광 비중이 높아서 연세 든 분들이 겨울에 관광에 나서긴 부담됐기 때문이다. 주최 측인 마라톤 전문 여행사 여행춘추와 러너스클럽이 신청한 금강산마라톤을 북한이 허가해준 건 나름의 비수기 마케팅 전략이었을 것이다.

북녘 땅을 자유롭게 달리다

장전항(북한 이름은 고성항)에서 금강산을 잇는 관광도로는 도로 양편에 철책을 설치해 북한 민간인 마을이나 군사지역과의 접근이 철저히 차단돼 있다. 하지만 42.195km의 풀코스 주로를 만들면 민간인 거주지와 군사시설들이 뒤섞여 있는 금강산 일원 북한 땅을 '남조선 인민들'이 샅샅이 훑고 지나갈 수밖에 없다. 그것도 통제된 버스를 이용하지 않고, 수백 명이 두 발로 천천히.

그 길에 전부 철조망을 칠 수는 없는 노릇이다. 북한으로서는 상당히 고민이 됐을 텐데도 대회를 허가해 준 건 남북한 화해 분위기를 이어가면서 실리도 챙기자는 판단이었을 것이다.

금강산 관광 개시 후 10km와 하프 구간에서 달리기 대회가 열리긴 했다. 풀코스 대회는 2003년 도로가 정비되고 육로관광 길이 열리면서 처음으로 가능해졌다. 개최 소식을 듣고 망설임 없이 신청했다. 2박 3일에 29만원. 당시로선 적지 않은 비용이었다. 나는 이미 1998년 금강산 개방 첫해에 봉래호를 타고 금강산을 가본 적도 있었다. 하지만 북한 땅을 오롯이 두 발로 몇 시간 동안 자유롭게 달릴 수 있다는 건 '관광'과는 차원이 다른 일이었다. 풀코스 완주 경험이 없는 마라톤 초보 회사 선배 둘도 금방 나의 이런 꼬임에 넘어왔다.

금강산 관광이 처음 열렸을 때는 동해항에서 출발, 공해상으로 나갔다가 북한 땅 장전항에 도착하는 4시간 뱃길이 유일했다. 육로를 통하면서 남측 고성 CIQ(세관 · 출입국관리 · 검역소)에서 출발해 휴전선을 통과, 북측 CIQ까지 도착하는 데 버스로 1시간도 걸리지 않게 됐다.

처음 바닷길이 열렸을 땐 금강산 사계의 이름을 딴 네 척의 중형 크루즈선 금강, 봉래, 풍악, 설봉호가 관광객 운송수단 겸 숙박시설 역할을 했다. 처음 금강산에 갔을 때 봉래호 선창 밖으로 내다보이던 새벽 안갯속 장전항 모습이 지금도 생생하다. 이후 관광객이 늘면서 장전항에는 해금강호텔이 들어섰다. 해금강호텔은 바다 위에 떠 있는 7층 규모의 세계최초 플로팅 호텔이다. 1988년 호주의 유명 관광지 대산호초(Great Barrier Reef)에서 5성급 호텔로 영업을 시작할 때만 해도 잘 나갔다. 이후 우여곡절 끝에 베트남에 팔려가 호치민 시 근처에서 사이공호텔이란 이름으로 재기를 꿈꿨으나 이마저도 여의치 않던 터에 남북화해라는 생명줄을 만나 금강산 장전항으로 흘러들어온 것이다.

한겨울 바람은 매서웠지만 가슴은 뜨거웠다

　나름 독특하고 운치가 있던 해금강호텔 앞 출발선에 선 주자들은 10km 주자 200여 명과 풀코스 주자 92명.

　2월 북한의 아침 바람은 매서웠다. 귀까지 덮는 모자를 눌러 쓰고, 스키장갑 끼고, 위아래 방한 기능을 갖춘 긴팔 러닝복에 바람막이까지 겹쳐 입었는데도 살 속을 파고드는 금강산 바람을 막기는 역부족이었다. 그땐 핫팩도 없었던 것 같다. 고성항에서 출발해 온정리~삼일포(반환점)~온정각~신계사~구룡연 주차장~금강산여관~만물상휴양소를 거쳐 결승점인 금강산 온천장에 이르기까지 북한 땅을 달린다는 설렘에 뜨거워진 가슴이 핫팩이 됐다.

　가방 메고 학교 가다가 신기한 구경거리를 만난 양 뜀박질하는 남한 사람들을 쳐다보는 아이들. 막사 앞 양지에 옹기종기 모여 모포를 털거나 햇볕을 쬐며 담배를 물고 있는 병사들. 자전거를 타고 가다가 차단기에 막혀 서 있으면서도 짜증보다는 호기심 어린 표정으로 지켜보던 온정리 주민들……. 주로에서 마주치는 북녘 동포들을 눈에 담느라 추위를 느낄 새도, 다리근육이 피곤해질 겨를도 없었다.

　주로는 양옆에 철망이 쳐진 10km 관광도로 구간을 제외하곤 비포장 도로였지만 육로 관광객을 맞기 위해 잘 다져놓아서 달

2004년 2월 금강산마라톤 대회에서
방한모자 쓰고 스키장갑 끼고 겹겹이 옷을 껴 입고 달리는 모습.
뒤편 금강산 초입 산턱에 관광안내 건물이 보인다.
주로에서의 사진촬영이 철저히 통제됐던 탓에
나에겐 주최 측이 찍어 준 이 사진 한 장만 남아 있다.

리기에 불편하지 않았다.

철망이 세워지지 않은 구간에는 수십 미터 간격으로 인민군 병사가 빨간 깃발을 들고 서 있었다. 행여나 있을지 모르는 남한 인민들의 돌발 행동을 감시하고, 북한 주민들과의 접촉을 막기 위한 것이었다. 큰 교차로에는 차단기가 설치돼 주자들이 모두 지나간 뒤에야 북한 주민들이 통행할 수 있었다. 이 모든 게 92명의 남한 풀코스 주자들 때문에 일어난 일이었다.

2월 강추위에 서 있던 앳된 인민군 병사들, 일상을 멈춰야 했던 온정리 주민들에게 미안하고 고마운 마음에 손을 흔들어도 봤지만 반응은 없었다.

굳이 손을 흔들지 않아도, 미소를 짓지 않아도, 엄동설한에 뛰어다니는 남한 사람들을 이해하지는 못한다 해도 그 순간만은 적이 아닌 동포를 바라보는 따뜻함으로 그들 마음도 덥혀졌을 것이다. 그런 생각에 달리는 도중 가끔씩 뜨거운 기운이 목구멍에서 치솟아 올랐다.

풀코스 1차 반환점인 삼일포 단풍관 인근 코스나 마지막 금강산 일대 코스는 나무가 우거진 천혜 절경이었다. 하지만 경치보다는 사람이, 자연보다는 마을과 군부대가 가슴 속에 오래오래 각인된 러닝이었다.

출발점과 골인지점엔 응원해주는 함성도 밴드도 없었지만 4시간 30분 넘게 달리는 내내 골인지점이 다가오는 게 아쉬울 정도로 신이 났다. 금강산 온천장으로 골인해 온천수에 몸을 담그고 금강산을 바라보며 앉아 있으면서도 내가 북한 땅을 두 발로 이렇게 오랜 시간 달렸다는 게 실감이 나지 않았다.

북한 군인들이 전 코스에서 경계근무를 서고 있는 가운데 달린 마라톤 대회. 얼핏 보면 기괴하고, 생각해 보면 슬프고, 그렇기에 기억에 너무나 또렷이 남아 있다.

다음엔 부모님과 가족들도 같이 와서 가족들은 금강산 관광시켜주고 달리자고 생각했었다. 매년 열리는 대회니 언제고 갈 수 있을 줄 알았다. 세월이 조금만 지나면 인민군 감시 없이 자유롭게 마을 사람들과 하이파이브도 하고, 길가 사람들에게 물도 얻어먹을 수 있을 줄만 알았다. 아예 설악산에서부터 내달려 군사분계선을 넘어 금강산으로 골인하는 달리기 대회가 생길 것도 같았다.

그로부터 18년이 지났지만 여태껏 다시 달리지 못했다.* 하지만 지금도 희망은 지우지 않고 있다.

---

* 2008년 관광객 피살사건으로 금강산 관광이 중단되면서 금강산은 다시 달릴 수 없는 곳이 됐다. 해금강호텔은 해체됐고 금강산 온천장, 온정각 이산가족 상봉장도 모두 폐허가 돼가고 있다.

2

구름 속 산책, 가리왕산마라톤

'이 남자의 그것'인가 하는 불순한 컷으로 어느 신문
이 유명 인사들의 오래 된 애장품을 소개하는 코너가 있었던 것
으로 기억한다. 오랫동안 애착을 갖고 지녀온 물건에는 지나온
나날들과 스쳐간 사람들이 새겨져 있다. 애지중지 하다보니 쓸
때도 조심하게 돼 더 오래 간다. 달릴 때 쓰는 물건들 중에도 그
런 것들이 있다. 당연히 진한 땀냄새가 배어 있다.[*] 오래간만에
출근 전 새벽에 뛰러 나가야겠다는 생각이 들었다. 길을 나서며
문득 오래 된 애장품 모자를 쓰고 달려보고 싶었다. 2000년대
초반 잡지 〈포커스마라톤〉 창간기념 선물이었던 걸로 기억한

---

[*] 28년 된 'GAP' 브랜드 런닝 팬츠가 내가 갖고 있는 러닝용품 중에는 가장 오래
된 것이다. 허벅지가 쓸리지 않도록 바지 끝단 테두리를 실리콘 재질로 덧댄 보
기 드문 제품이다.

다. 햇수로 어언 18년이나 된 모자다.

강산이 두 번 바뀔 세월이 흐르면서 당연히 또 달릴 수 있을 거라 생각했던 산과 들과 길이 막히고 잘리고, 늘 열리던 대회들은 사라졌다. 누구나 영원히 달릴 순 없고, 오늘 이 길이 언제나 마지막일 수 있다는 진리를 모자 하나에서 떠올렸다.

나는 당시 〈포커스마라톤〉 정기구독자였다. 무료 월간지라는 컨셉으로 시작했는데 아쉽게도 오래 가지 못하고 3년 여만에 문을 닫았다. 때를 잘못 만난 거다. 인터넷이 만개하던 시대에, 한정된 독자층을 대상으로 광고에 의존하는 종이잡지만으로는 살림이 꾸려지지 않았을 것이다. 그러나 제대로 달리기에 미친 러너들, 글을 쓸 줄 아는 사람들이 만들어서 그런지 읽을 게 많았다. 매월 호 커버의 카리스마 넘치는 고수들 사진도 좋았다.

요즘은 유튜브에 인플루언서 러너들이 넘쳐나고 웹에도 정보가 홍수처럼 넘쳐나지만, 집으로 막 배달된 잡지를 뜯어 기사를 읽을 때의 그 두근거림은 주지 못한다. '경험'을 넘어 '취재'를 제대로 한 컨텐츠, 읽고 보는 재미가 있는 기사도 드물다. 기자 출신으로 마라톤에 미쳐 〈포커스마라톤〉을 창간한 정영주 발행인은 지금은 추자도로 낙향해 '제주도 녹색당원'으로 소박하고 친환경적인 삶을 살아가고 있는 것으로 알고 있다.

아련한 추억 속의 내 인생 '라이프 런'

모자 하나에 담긴 추억은 2003년 8월 해발 1000미터 이상 고지의 가리왕산 임도에서 열린 가리왕산마라톤 대회로 이어진다. 러너스클럽 주최로 열린 대회가 끝나고 뒤풀이 식사 때 정영주 발행인과 잠시 동석해 막걸리잔을 기울였던 기억이 있다.

가리왕산마라톤은 금강산마라톤과 더불어 내 인생 '라이프 런' 가운데 하나였다. 둘 다 이제는 없어진 대회라 더 추억이 아련하다. 산허리를 굽이굽이 감도는 임도는 얼핏 보면 삼림을 훼손하는 것 같지만 삼림을 관리하기 위해 필수적인 도로다. 산불이 날 때는 소방도로로도 유용하게 쓰인다. 러너나 관광객들에겐 자연훼손을 최소화하면서 산을 즐길 수 있는 기성도로이기도 하다.

가리왕산은 높이보다 넓이에 압도당하는 산이다. 간선 임도만 해도 거의 해발 1000m 고도를 유지하면서 42km 풀코스 순환코스가 나오는 보기 드문 곳이다. 굳이 트레일 러닝화를 신지 않고 (그때는 '트레일러닝'이라는 개념도 대중화하지 않았다) 쿠션화만 신고 뛰어도 아무 지장이 없었다. 일부 구간은 평소에는 출입이 금지돼 있었는데, 정선군유림관리소와 산림조합중앙회도 취지를 이해하고 대회를 허가하고 후원을 맡았다.

대회 전날 인근 정선고등학교에서 이봉주 선수를 발굴해낸

코치이자 전 국가대표선수인 박종천 감독을 비롯, 국가대표 출신 진수선, 차한식, 김윤식 코치가 총 출동해 실기 훈련을 지도했다. 몸이 아니라 다리가 풀리지 않을까 싶은 '국대급' 실기 교육이었다. 휴양림 교육관에서는 부상 방지 훈련법, 오버페이스를 방지하는 페이스 조절과 스트레칭 이론교육까지……. 러닝 정규 교육을 접해본 건 그때가 처음이었다.

인근에는 200여 명의 참가자들을 수용할 만한 숙박시설이 없어 가리왕산 휴양림에서 공동숙박했다. 6명이서 단체 방을 썼는데 생면부지 사람들이 한 방에 모였는데도 '러너'라는 공통점 하나로 전혀 어색하지 않았다.

러너들의 통성명은 특이하다. "김준형, 풀코스 3시간 39분입니다." 이름과 기록이면 충분하다. 직업이 뭔지 나이가 얼마인지도 필요 없다. 이곳에선 그저 모두 똑같은 러너들이고, 기록이 그 사람을 말해 주기 때문이다. 대회 전날 컨디션 조절이 무엇보다 중요하다는 걸 알기 때문에 일찍 잠자리에 든다. 화장실을 사용하거나 문밖을 오갈 때도 심신의 평온을 해치지 않기 위해 조심한다.

자연 그대로를 즐긴 신선놀음

새벽 일찍 참가자 200여 명이 숙소인 가리왕산 휴양림에서 출발점인 마항치(해발 1200m)까지 마이크로버스를 타고 올라가는 데만 한 시간이 걸렸다. 발밑에 구름을 깔고 임도 42km 풀코스를 달리는, 말 그대로 구름 속 산책, "running on the cloud," 신선놀음이었다.

일반도로 대회에선 5~10km마다 마련된 급수대 주위가 종이컵과 바나나껍질, 초코파이 포장지 등으로 지저분해지고 주최 측이 나중에 청소를 한다. 하지만 트레일러닝 대회에선 급수대도 최소화하고 어떤 쓰레기도 남기지 않는 게 원칙이다. 온전히 자연 그대로를 즐기고, 왔던 흔적을 남기지 않고 사라지는 것이다.

부슬비가 내린 탓에 산 지 얼마 안 된 러닝화가 온통 진흙투성이가 됐지만 4시간 50분의 준수한(?) 기록으로 풀코스를 마쳤다.

참가비가 무려 10만원이었지만 참가자 전원에게 나이키 러닝복 세트가 기념품으로 주어졌다. 대회가 끝난 뒤 주최 측이 제공한 점심에 막걸리까지 곁들여 먹었는데 경품시상에서 당첨까지 됐다. 참가자 전원에게 상품을 줬으니 엄밀히 말하면 당첨은 아니었다. 경품은 마라톤 여제 폴라 레드클리프가 신었다는 최신 모델 나이키 운동화, 살면서 받아본 경품 가운데 최고

2003년 8월 가리왕산마라톤 대회에서 결승선을 향해 달리고 있다.
해발 1200미터 높이의 임도를 휘감고 있던 42km 구름 속 산책길은
평창 동계 올림픽 스키장 건설로 허리가 잘려 나갔다.

였다. 러닝복에 러닝화 값만 소매가로 따져 20만원을 훌쩍 넘어가고, 당시 10만원을 호가하는 나이키 러닝화 당첨자만 50명. 세상에 10만원 내고 와서 이렇게 먹고 자고 달리고 받아 가면 대체 이 양반들은 뭘 남기겠다고. 아니 남기는 게 아니라 어떻게 파산을 모면하겠다는 건지. 달리기에 미쳐서 제정신이 아닌 사람들이 맞긴 맞았다. 가리왕산보다 넓은 주최 측의 마음 씀씀이는 지금까지 참가했던 어느 대회에서도 보기 힘든 것이었다.

〈포커스마라톤〉처럼 러너들이 설립한 회사가 고전하는 까닭은 그런 마음 씀씀이 탓이 아닐까 하는 생각도 든다. 다행히 러너스클럽은 망하지 않고, 그 주역들은 아직까지 대한민국 아마추어 러너들의 방앗간이자 후원자 역할을 하고 있다.

하지만 산천은 의구하지 않다. 평창올림픽 스키장으로 동원된 가리왕산 산허리는 동강 잘려 나갔다. 평창올림픽의 의미나 효과를 계산하기는 힘들다. 하지만 굳이 며칠 사용하기 위해 새로 가리왕산에 스키장을 만들었어야 했는지, 단 한 번이라도 그 산을 오르고 달려본 사람들이 내린 결정이었는지 의문이다.

녹슬은 채 남아 있는 리프트, 제대로 복원(진정한 '복원'이라는 게 가능하지도 않겠지만)되지 않은 채 여전히 상처의 진물처럼 토사를 흘려 보내고 있는 산허리를 보면 산에 대한 미안함과 함께 인간의 무책임함에 분노가 솟는다.

3

폭풍우 속 100km 제주 울트라 마라톤

새벽 4시 30분. 제주 탑동공원 앞 화이트비치 호텔. 모닝콜이 울리기 전부터 두 귀는 이미 깨어 있었다. 창문 틈으로 새어 들어오는 제주특산 울트라 파워 초강풍 소리와 유리창에 부딪히는 빗방울의 흐느낌……

"망했다!" 회사 반차 내고, 비행기 포인트 까고, 숙박비 들여가며 바다 건너 왔건만, 첫 도전이 이렇게 허무하게……라는 생각도 조금 들었다. 그러나 말이 100킬로미터지 주말에 조금 연습하고 3주 전 서울국제마라톤 풀코스 뛴 거 믿고 오긴 왔지만 말이 되는 소리를 해야지. '매몰비용'은 빨리 포기할수록 남는 겨……라는 생각이 앞섰다. "살았다!"

강풍경보에 호우경보가 내려진 2013년 4월 11일 제주. 아무리 "인간의 체력을 시험하는" 대회라지만 이런 날씨에 바깥에서 뭘 한다는 건 제정신 가진 사람으로선 말이 안 되는 거다. 사고라도 나면 주최 측도 책임 소재에서 자유롭지 못할 터이고, 대회는 취소되겠지. 난 뛰고 싶었지만 타의에 의해 못 뛰게 된 거야. 비겁하진 않았지, 암…….이렇게 위안을 삼았다.

자기 전에 바닥에 널어 둔 전투용품들('1041 김준형'이 적힌 러닝복, 배낭, 보관용 가방)이 쓸모없게 됐군 하는 생각으로 창문 넘어 호텔 바로 앞 대회 출발지점을 쳐다봤더니…….이런 세상에, 이미 참가자들이 단체로 버스를 타고 와서 몸을 풀고 있지 않은가.

"이 선수들 정말 제정신인가?"

어젯밤 오리엔테이션에서 "내일 새벽 날씨가 좋지 않을 테니 개회식은 여기 호텔 로비에서 치르고, 내일 새벽엔 최대한 빨리 출발하겠다"고 했을 때부터 일찌감치 이 사람들은 '취소'라는 건 모르는 부류라는 걸 눈치챘어야 했다.

강풍과 비바람을 바라보는 나의 체감온도는 방 안에서도 이미 영하권이었다. '장7기3,' 자고로 겨울 운동은 장비가 70, 기술이 30이랬는데, 일기예보의 '최저 12도 최고 14도' 숫자만 보고 반바지 타이즈에 반팔 하나 달랑 가져온 이 한심한 화상아.

그나마 몇 달 전 후배가 자기 회사에서 만들었다며 하나 준 방수 바람막이를 가져온 게 다행이었다. '지피지기,' 제주도 비바람이 이렇다는 건 좀 알고 왔어야 하는데, '4월 봄날씨'만을 믿은 게 패착이었다.

아무튼 지금 그런 생각할 겨를이 없다. 일단 나가자. 그래도 너무 무대책인 거 같아 몸에 '방수처리'를 하기로 했다. 전날 약국에서 샀던 바셀린 한 통을 온몸에 발랐다. 수십 킬로미터를 몇 시간 뛰다보면 예기치 않았던 곳에서 치명적인 고통이 찾아온다. 젖꼭지가 웃옷에 쓸려서 양 꼭지에서 피를 줄줄 흘리며 뛰는 엽기적인 상황이 벌어지는가 하면 겨드랑이도 쓸리고 배낭을 맬 땐 쇄골과 허리 부분이 반복되는 마찰로 인해 쓰라린다. 심지어 익숙하지 않은 옷을 입고 좀더 오래 뛰다보면 두 살가죽이 맞부딪히는 똥꼬까지 탈이 난다.

바셀린은 그런 곳에 바르려고 샀는데, 임시 방변으로 방수와 방한용으로 써야 하다니. 몸에 두껍게 바세린을 바르고 거울을 보니 윤기가 좌르르 흐르는 게 제법 몸짱 포스가 풍긴다.(배는 빼고.) 바쁜데 헛생각은……. 후다닥 짐 챙겨서 행사장으로 뛰쳐나갔다.

이미 출발 10분 전. 주최 측인 대한울트라마라톤연맹(KUMF) 유니폼을 입고 있는 사람에게 짐가방을 떠안기듯 맡기고 출발선에 섰다. 바로 옆 방파제에선 파도가 금방이라도 넘어올 것 같은데, 이 선수들 정말 제정신인가 싶다. "이런 날 대회를 할 수 있나요?" 라든지 "기왕 왔으니까 10킬로 정도만 몸풀고 가죠, 아쉽지만," 이런 소리는 아무도 하지 않는다. 1회용 비닐옷 걸치고 나타나선 웃고 난리다. 국회의원 출신 중에 유일하게 울트라 마라톤을 뛰었다는 유준상 씨를 비롯해 두어 명이 간단히 몇 마디 축사 비슷하게 하더니 곧바로 "5,4,3,2,1······출발"이다.

일단 출발했으니, 50킬로미터까지는 가봐야겠다. 집에서도 나들이 삼아 동두천까지 70킬로미터 정도는 쉬엄쉬엄 가봤고, 2주 전엔 60킬로미터 LSD(오래 천천히 멀리 달리기) 해봤으니 아무리 날씨가 험악해도 그 정도는 갈 수 있을 터. 회수차가 50킬로미터 지점에서 대기한다니 어차피 그 전에는 중간에 포기해도 곧바로 돌아올 수 없다. 출발 때는 그런 생각이었다.

1~2킬로미터까지는 물웅덩이도 피해가며 최대한 발을 보호하려 했지만, 얼마 가지 않아 포기했다. 어차피 철퍼덕거리는 거 막을 방법이 없다면 차라리 맘 편하게 뛰는 게 낫다. 다행히 '나노 소재'로 만들었다는 바람막이가 제 몫을 어느 정도 해줬다. 드러난 맨살도 바셀린 효과가 조금은 있는 것 같다.(물론 나중에 보니 나노도 바셀린도 한계가 있었지만.)

그래도 어쨌든 견딜 만했다. 10K, 20K, 30K, 40K······달릴 때 속도는 일정하게 시속 9~9.5km를 유지했다. 바람이 너무 강하다 보니 CP(Check Point) 텐트를 세우지 못해 주최측이 길가 가

2013 제주 국제 울트라 마라톤 참가자들이 비바람을 뚫고 역주하고 있다.

[사진제공=자원봉사 마라토너 양성규 씨]

게 처마 아래에다 식탁을 펴고 물과 음식을 준비해뒀다. 거리도 10K 간격이 아니고 들쭉날쭉이었지만 큰 문제는 아니다. 제주도 사투리를 구수하게 쓰는 자원봉사 아줌마 아저씨들(마라톤클럽 회원이거나 회원을 배우자로 잘못 만나 달리기의 구렁텅이로 휩쓸려 들어온 분들일 것이다)한테 미안하고 고맙다.

드디어 50K 지점, 버스들이 모여 있고, 트로피도 몇 개 있고, 웅성웅성거리는 게 보인다. 물도 마시고 다리도 풀면서 "더 갈까, 그만 갈까"를 고민할 기회가 있을 줄 알았더니 진행요원이 "50K 통과, 쭉~ 직진하세요"라고 외친다. 날씨 때문에 50K 지점에 CP를 안 만들고 50K 대회 참가자들만 시상식 하고 되돌아가는 거였다. 쭉~ 가라는데, "난 못가요"라고 외칠 수는 없는 노릇이다. 이젠 정말로 100K까지 쭉 가야했다.

비바람 속을 달려와 먹는 순두부찌개

55K 지점 왼쪽에 식당이 보였고, 러너들이 빨려 들어가듯 그 집으로 직행했다. 대회 사이트 게시판에서 읽었던 그 밥집이었다. 진짜로 이렇게 뛰다가 밥들도 먹고 그러는구나. 풀코스 뛸 땐 출발 두어 시간 전에 된장국에 공기밥 3분의 1정도 말아먹거나 바나나 하나 먹고 마는데.

식당 이름은 기억나지 않지만, 이 집, 1년에 한 번 제주 울트라 대회 있는 날은 대박이다. 100K 주자 307명, 200K 주자 167명 중 절반은 이 집에서 밥을 먹고 가는 것 같다. 더구나 오늘처럼 비바람 부는 날, 특별한 관광지도 아닌 시골 식당에 하루 수백 그릇 점심 매출이 어디 쉬운 일인가.

그래서인지 밥 한 공기 더 달라는 말에 "마라톤 하는 아저씨가 저렇게 밥을 많이 먹고 어떻게 뛰남"하고 혼잣말로 궁시렁대는 주인집 딸의 얼굴에 싫은 기색이 없다. 그런데 그 딸 말마따나 어떻게 저렇게 먹고 뛰나 싶을 정도로 밥을 맛있게 두 그릇 뚝딱 비우고 뛰러 나가는 주자들을 보니 신기했다. 역시 장거리는 밥심인가?

여섯 시간을 비바람 속에 달려와 먹는 순두부찌개, 그 맛을 알 사람이 몇이나 될까? 절반 먹고 숟가락을 놓기가 너무너무 아쉬웠다. 제주시가 지역민방 같은 데랑 손잡고, 제주 울트라대회를 매년 중계하면서 코스 곳곳에 있는 관광명소나 맛집을 소개하고, 각 동네 스토리도 전달하는 특집편성을 하면 좋을 텐데 하는 생각이 들었다. 울트라 마라톤을 하루종일 중계할 수는 없으니 출발할 때 잠깐 비추고, 정규방송하면서 매시간마다 5~10분 주자들 잠깐 보여주는 거다. "지금 지나고 있는 대정마을은 일찍이……주요 관광지로는……지금 오시면 할인혜택은……." 이런 식으로 소개하면 제주 울트라가 뉴욕마라톤이나 보스턴

마라톤처럼 제주를 상징하는 아이콘이 되고 관광객을 불러 모을 수 있을 텐데. 그렇게 독특한 콘텐츠를 만들어야…… 아무튼 직업병이다. 제 몸뚱어리 하나 못 가누는 상황에서 남 걱정이나 하고 있으니.

준비해간 여벌 양말을 갈아 신었다. 풀코스 이상 장거리엔 발가락양말이 최고다. 특히 숙달되지 않은 러너라면 발가락양말완전 강추다. 평상시 신고 다니다가 방바닥에 앉는 식당 같은데 가면 영 품위가 망가지는 느낌이지만 달리기할 때는 누가 보는 것도 아니고.

옮기기 싫은 발걸음을 다시 옮기는데 이빨이 덜덜거릴 정도로 춥다. 장거리 달리기에서 시동을 한번 껐다가 다시 가열하는건 고통스런 일이다. 그래서 가급적이면 퍼지지 않고 걸어가면서 물도 먹고 간식도 먹는 게 좋지만, 100K에선 그 말도 말짱 꽝이다. '선수급'이 아니라면 배도 채워야 하고, 10킬로미터마다서서 바나나 초콜릿 토마토 이런 거 먹어둬야 뱃심으로 달릴 수있다.

GPS 시계도 생명을 다하고

비바람은 더욱 거세진다. 아무리 제주도라지만, 아니 어떻게 하루 종일 이럴 수가 있나. 그냥 '계속' 그런 게 아니고 더 심해진다. 짜증을 넘어 저절로 욕이 나온다. 어차피 듣는 사람도 없으니. 손에 차고 있는 GPS 시계에 따르면 밥 먹었던 식당이 55K 지점이었다. 그런데 4K가까이 뛴 다음에 나타난 CP의 자원봉사자가 "여기가 55K 지점"이라고 한다.

"이게 뭔 소리여?" 작년에 큰 맘 먹고 마련한 간지나는 '나이키 GPS'가 실제 거리와 4K나 차이가 나다니. 차고 뛰는 사람 기분 좋으라고 실제 뛴 거리보다 멀게 나타내주는 배려? 믿고 있던 거리보다 4킬로미터를 덜 뛰었다는 사실이 주는 절망감은 이루 말할 수 없다. 망할놈의 시계…… 이 녀석은 결국 약 70킬로미터 지나 출발 후 9시간 정도 경과한 뒤 '삐릭삐릭'하는 비명소리를 내더니 'LOW BATTERY'라는 유서를 깜빡거리며 전사하고 말았다.

어제 밤새 넉넉히 충전했건만 100K는 사람에게만 '한계초과'가 아니고 나이키 GPS도 감당하기 힘든 거리였다. 배터리 기술의 한계다. 삼성 제품일까 LG 제품일까? 혹시 중국산? 회사에 알려주고 싶다. GPS가 필요한 장거리 러너에게는, 최소한 컷오프 시간인 15시간은 지속돼야 상품성이 있는 거라고.

10K쯤 더 뛰었을까. 밥을 먹고 났더니 아랫배가 묵직해진다. 사람 사는 데 먹는 것만큼 중요한 게 배설하는 거다. 어느 아버지가 아들에게 들려준 삶의 지혜 하나. "아침에 일어나자마자

화장실 가는 걸 습관으로 해두면 망신당할 일이 없다." 얼마나 공감 가는 말인가.

반기문 유엔 사무총장의 스케줄 표에는 이런 게 있었다. "SG TIME" Secretary General Time의 약자다. 뭐냐고? 화장실 가는 시간이다. 세계 대통령이 좀 바쁜가. 하루 종일 쉴 틈 없이 스케줄 소화하다 보면 화장실 갈 시간이 없다. 집무실에서 손님 맞는 것보다 바깥에 나가 있는 시간이 많다 보니 더 그렇다. 그래서 몇 분간의 여유를 스케줄에서 비워 화장실을 갈수 있게 하고, 동선상의 화장실도 미리미리 파악해두라고 반 총장이 직접 "SG TIME"이라는 암호를 만들어 스케줄 표에 넣도록 했다.(이건 뉴욕특파원 시절 반 총장에게 직접 들은 말이다.)

달리는 것도 마찬가지다. 뛰기 전에 속칭 1번과 2번을 처리해두지 않으면 낭패 본다. 달리다가 주로 상에서 화장실 찾기도 쉽지 않고, 주유소 같은 데 가서 줄서서 일보다 보면 천금 같은 몇 분이 날아간다.

오래 전 청계고가 철거 기념 하이서울마라톤 때도 도로 한가운데다 누군가 '기념비'를 쌓아둔 걸 직접 본 적이 있다. 엘리트 선수도 예외가 아니다. 88올림픽땐 아프리카 어느 나라 선수가 달리면서 고구마를 생산한 적이 있다. 인터넷에는 2008년 예테보리 하프마라톤 대회에서 설사를 하며 달린 러너의 사진이 지금도 떠돈다. 딸이 한때 이걸 집 PC의 배경화면으로 사용하는 바람에 집사람이 기겁하기도 했다. 지저분한 이야기 쓰려다 보니 사전변명이 필요해서 구구절절 사설이 길어졌다.

"이러다가 오래 못가지, 이러다간 끝내 못가지……"라는 생각에 시선이 눈앞의 주로 도로보다는 길가 쪽으로 자꾸 돌려지는데 거짓말처럼 길옆에 공중화장실이 보였다. 한국남부발전 풍력센터 건물 근처에 풍력발전용 풍차들이 여럿 서 있는데, 그거 보러 오는 관광객들을 위해 만들어놓은 화장실인 듯했다. 실내도 쾌적하고 깨끗했다. 정말 대한민국 화장실 만세다. 비록 휴지는 없었지만…….

후배에게 얻은 바람막이 점퍼, 바셀린과 더불어 이번 대회 준비물의 3대 하이라이트는 휴지였다. 울트라대회 참가자나 장거리 달리기 하는 사람들이 주머니 달린 러닝 베스트(vest, 조끼)를 입고 뛰어야 하는 이유는 이처럼 비상시에 필요한 게 있기 때문이다. 출발할 때 끼고 있던 장갑이나 양말이 사라진 채 골인하는 아저씨들이 가끔 있다. 얼마나 급했으면.

난생처음 45도로 뛰는 마라톤

울트라는 70K 이후부터가 진짜라고 그러더니, 정말 70K가 가까워오면서 페이스가 급속히 떨어졌다. 1K라는 물리적 거리는 똑같은데 심리적 거리감은 몇 배로 늘어났다. 70K CP에 도착할 때쯤 다시 '포기'라는 단어가 떠오른다. 옆에 씩씩하게 달려가던 양반이 "난 이제 그만 접을까 생각 중입니다"라고 한다. '아, 남들도 그런 생각을 하고 달리고 있구나, 겉으론 다들 고수고, 나만 흔들리는 갈대인줄 알았더니.'

"아니, 지금 그만두면 어떻게 가시려고요?" 사방은 온통 논밭이다.

"택시 부르든지 해야죠."

실은 나도 지금 포기하면 어떻게 돌아가야 할지 궁금하기도 해서 물어본 말이었다. 이분, 그 뒤론 다시 보지 못했다.

한경읍 고산면 해안도로, 바람이 정말 장난 아니다. 나중에 뉴스를 검색해보니 이날 이 동네에는 최대풍속 초속 31.5미터의 강풍이 불었다. 초강력 태풍 볼라벤 수준이었다.

거짓말 좀 보태서 45도로 뛰는 마라톤은 처음이다. 서쪽 해안에서 몰아치는 강풍 때문에 앞으로 똑바로 나가기 위해서는 우측 45도로 뛰어야 하고, 맞바람을 맞을 땐 전진하기 위해 몸을 45도 앞으로 숙여야 한다. 도로 방향이 바뀌어 뒷바람이 불 땐 본의 아니게 초스피드로 날려가지 않기 위해 뒤로 몸을 45도 젖혀야 하는, 말 그대로 45도 마라톤이다.

앞서 가던 늘씬한 아줌마가 선두와 후미를 오가며 에스코트를 하던 대회 진행 차량을 불러 세우더니 그 안으로 사라졌다.

제주 해안도로 100km, 200km 코스에서.
대한울트라마라톤연맹(KUMF) 주최로 매년 열리는 제주 울트라 마라톤 대회는
우리나라 장거리 러너들이 가장 좋아하는 코스 가운데 하나다.

읍내 버스정류장에 서 있던 한 아저씨는 "파이팅, 저는 버스타고 갑니다"하고 시내버스에 올라탄다. "난 왜 저런 용기가 없을까?"

70K CP가 가까워질 때 나란히 뛰게 된 러너 한 분이 말을 건다. "젊은 사람이 뭐 하러 이런 데 와? 젊을 땐 사업하고 직장 나가고 돈 벌어야지. 이런 건 나처럼 늙어서 힘없을 때 건강관리하고 체력 테스트 하려고 하는 거지."

말은 쉴 새 없이 이어진다. "이번에 뛰고 나면 '108번뇌 울트라 대회'(불교 조계종 주최)도 하고, '성지순례 울트라'(천주교 주최)도 할 거지?" 그야말로 종교와 지역을 초월(울트라)한 러너다. 연세를 여쭈니 67세, 당시 나보다 스무 살 위였다. 나도 '젊다'는 말 들으면 반가운 나이라고 생각했는데, 그러고 보니 대회 참가자들 중엔 한눈에 봐도 내가 한참 '영계'였다. 오리엔테이션 자리에서 보니 하나같이 50대는 넘어 보였다. 풀코스 마라톤 대회를 가봐도 40대 후반에서 50대가 주류를 이루지만 울트라는 고령화 정도가 더 심하다. 살이 너무 빠져 실제 나이보다 더 쭈그러져 보이는 마라톤의 최대 부작용을 감안하더라도 그렇다.

10K, 하프, 풀코스 거쳐서 울트라 도전하기까지 걸리는 시간 때문에 그런 건지, 삶의 무게가 그 정도는 쌓여야 울트라를 뛸 자격이 생기는 건지, 길거리 말고는 40대, 50대, 60대가 이렇게 오랜 시간 눈치 안 보고 싸돌아다닐 곳이 없어서 그런 건지……

산방산 한참 못 미쳐 있는 70K CP. 미용실 앞에 물과 방울토마토가 마련돼 있었지만 온기가 그리운 러너들은 미용실 문을 열고 들어가 아예 소파까지 차지한 채 진을 치고 있었다. 전형적인 '뽀글이 파마' 하면서 우주인 헬멧 같은 미용기계를 머리에 덮어쓰고 있는 할머니가 좋은 구경났다는 표정으로 거울을 통해 시선을 던진다. 손님에게 신경 써야 할 미장원 사장 아주머니는 본분도 잊은 채 '제정신 아닌' 달림이들에게 커피를 공짜로 연신 타주고 있다.

소파에 퍼져 있는 얼굴, 낯이 익다. 고등학교 동창 안**. 참가자 명단에 '광주 안**'가 있을 적부터 그일 거라고 생각은 했는데, 제주도 시골 미장원에서, 졸업 후 30년이 다 돼 이렇게 만나다니. 세상 참. 이미 울트라도 여러 번 뛰고 국토종단에 횡단까지 다 치른 베테랑인 그 친구와 대회 끝난 뒤 술이라도 한잔 하자고 인사를 나누고 먼저 발길을 재촉했다.(결국 약속은 지키지 못했다.)

"이젠 억울해서 포기 못한다"

70~90K는 죽음이었다. 다른 울트라 러너들도 그렇다고들 한다. 혹자는 100K를 열너덧 시간에 들어오면 평균 시속 6.5킬로

미터라는 건데, 풀코스를 4시간 안에 들어오는 게 더 힘들지 않냐고 한다.

물론 엘리트 선수나 서브3(풀코스 3시간 이내 기록) 러너처럼 풀코스를 단거리처럼 속도를 내는 주자들은 그럴 수도 있다. 하지만 어지간한 아마추어 러너들은 아무리 페이스 조절하고 뛰어도 70K가 되면 육체와 정신의 한계가 보이기 시작한다.(작심하고 뛰는 풀코스 대회에서 35K 정도면 나타나는 현상과 비슷한 것 같다.) 처음부터 시속 6.5킬로미터 속도로 한 번도 안 쉬고 100K 걸을 자신이 있으면 그렇게 하겠는데, 그건 100% 불가능이다.

90K가 넘어가면서 "이젠 억울해서 포기 못한다"는 생각에 그제서야 완주에 대한 확신이 들었다. 이미 어둠이 내린 서귀포 시내. 배낭에 후면 경고등 깜빡이를 켜고, 걷는지 뛰는지 모를 발걸음을 옮기는 주자들을 시민들이 힐끗힐끗 본다. "쯧쯧, 이 날씨에 뭔 짓들인지 원!" 표정에서 말이 읽혔다.

이미 GPS 시계는 죽었다. 시계는 없는 게 차라리 편했다. 어차피 시계를 본다고 뭐 달라지는 것도 없기에. 앞사람들이 걷는다. 이 정도면 걸어도 제한시간(15시간) 내에 들어가나 보다 하고, 나도 뛰는 시간보다 걷는 시간이 점점 길어졌다.

길바닥을 보니 95K라고 쓰여 있다. 시간은 얼추 밤 9시가 다 돼 가는 것 같다. 앞에 가던 커플이 뛰기 시작한다. 정신이 번쩍 들었다. 아직도 내 몸에 에너지가 남아 있었다니……(기껏 시속

7~8K 정도 속도였겠지만.) 그래도 바람처럼 내달렸다.

그렇게 한참을 뛰었다. 멀리 깜빡이는 빨간색 점멸등, 그 밑에 희미하게 보이는 기둥과 하얀 지붕. 내 평생 본 운동경기장 가운데 가장 아름다운 곳은 단연코 서귀포경기장이다.

14시간 49분. 내 뒤로 들어오는 사람도 없진 않았지만 제한시간 15시간 내 완주자 중에선 거의 문 닫고 들어왔다. 나중에 확인한 공식기록상 100K 참가자 307명 중 절반도 안 되는 44% 136명만 완주했다. 완주자 가운데 나는 119번째로 들어왔다.

비바람을 피해 화장실 한 켠에 마련된 간이식당에서 자원봉사자들이 건네주는 설렁탕을 먹으며 '미친 짓'의 막을 내렸다. 옆 사람이 옷을 갈아입는데 이건 평상복이 아니라 또 러닝팬츠다. '후반부' 100K를 뛰기 위해 준비하는 '더 미친 사람'이다.

200K에 출전한 167명, 이들이야말로 진짜 골수들이다. 하지만 이들도 오늘 같은 날씨엔 초죽음이 됐다. 실제로 서귀포경기장에서 다시 제주시를 향해 성산 일출봉 방향으로 출발한 사람들은 30여 명에 불과했다. 밤엔 눈까지 온다는데 몇 명이 제주 탑동공원에 골인할지 궁금하기도 하고 진심으로 말리고 싶었지만, 어쩌랴⋯⋯. 자신이 선택한 길인 것을. 돌아오는 버스 안에서도 다시 강풍 속으로 떠난 그들이 마음에 걸렸다. 남 걱정하는 사이에도 온 몸이 저체온증으로 사시나무 떨 듯 흔들렸다.

달리기의 치명적인 매력

골인점 서귀포에서 제주시내 숙소로 돌아오는 회송버스의 히터 덕에 겨우 체온을 되찾고 '생환보고'를 했다.

"살아는 있수?" 하는 아내.

"왜 할아버지가 하지 말라는데 자꾸 하고 그래, 내가 말 안 듣는 것도 순전히 아빠한테 물려받은 거야" 하는 딸.

"힘들었겠다" 하는 무심한 아들.

아버지는 "몸 조심해라, 잉……뭔 넘의 그런 마라톤이 있다냐. 그냥 걷기나 하지" 하셨다. 그런데 달리기와 걷기는 달라요……라고 대답할 힘도 없었다. 장거리 달리기를 할 땐 시간이 갈수록 아무런 잡생각도 할 수 없다. 그저 달리는 것, 내 몸이라는 '기계'가 잘 작동하도록 하는 것, 그래서 목표 지점까지 목표 시간 내에 들어가는 것, 그것만이 목표다.

몇 시간 동안 동물적 본능에 충실할 수 있는 것, 자신의 몸 구석구석에 귀를 기울여 보는 것, 머리를 비우는 것, 그리하여 마음도 내려놓는 것, 요즘 말끝마다 달라붙는 힐링이 바로 그런 것 아니겠는가. "내가 미쳤지"를 수도 없이 되뇌이고선 다음날 되면 다음 주로를 머릿속에 그려 보게 되는……. 그게 달리기의 치명적인 매력이다.

집에 돌아온 다음날. 몸은 대체로 멀쩡했다. 다리도 걸어다니는 데 문제가 없었다. 그런데 황당하게 복숭아뼈가 퉁퉁 부어 있다. 해안 쪽에서 불어오는 강풍으로 인해 오른쪽 발이 똑바로 앞으로 뻗지 못하고 자꾸 옆으로 날아가 열 시간 넘게 왼쪽 발목을 치는 바람에 그 지경이 된 것이다. 참 별놈의 부상도 다 당해봤다.

무라카미 하루키는《달리기를 말할 때 내가 하고 싶은 이야기》에서 울트라를 뛰고 나니 팔이 욱신거렸다고 했다. 발이 앞으로 나가지 않을 때 팔의 반동을 이용해 나가다 보니 그랬다는 거다. 나는 팔을 아무리 휘저어도 앞으로 잘 안 나가던데, 역시 하루키가 달리기도 한 수 위인가. 여하튼 장거리를 뛰고나면 별희한한 데가 아파오긴 한다. 하기야 100K를 가는데 백마고지에서 낮잠 자는 근육이 있을 수 없다.

복숭아뼈 말고도 황당하게 욱신거리는 또 다른 곳이 양손 검지손가락이다. 손이 하도 시려워서(비바람 앞에선 장갑이고 뭐고 소용없다) 바람막이 소매 안으로 손을 집어넣고 열다섯 시간 가까이 소매 끝을 꼭 부여잡고 있었더니 손가락 끝이 저렸던 거다.

그 뒤로도 울트라, 트레일, 철인 등 각종 대회를 수없이 뛰었지만 처음 울트라 '머리 올린' 그날만큼 처절하게 달려본 적은 없다.

4

하루키처럼,
천년고도 경주에서 떠나보낸 사십대

"글쓰기를 직업으로 하는 러너"하면 금방 떠오르는 인물이 무라카미 하루키다. 글쓰기를 직업으로 하는 아마추어 러너들이 롤 모델로 혹은 마음속 경쟁자로 생각하는 사람 역시 하루키다.

하루키는 자신의 묘비에 "작가 그리고 러너"라고 써주기 바란다고 했다. 훌륭한 기자도, 뛰어난 러너도 못 되는 내가 차마 묘비명에 "기자 그리고 러너"라고 쓰지는 못하겠지만, 그렇게 살았노라고 늘그막에 이야기하고는 싶다.

하루키에게 인생 최고의 순간은 40대에 찾아 왔다. 그는 만 42세 때인 1991년 뉴욕마라톤에서 3시간 25분의 개인 기록을 세운 게 생애 최고의 기쁨이라고 말했다. 그를 최고로 만들어

준 건 대표작《노르웨이의 숲》(상실의 시대)이 아니라 달리기였던 셈이다. 하루키는 40대 후반에 들어서서는 킬로미터 당 5분 30초 페이스로 속도가 떨어지고, 4시간 내에 들어오는 게 간당간당하게 됐다고 말했다. 일반 아마추어 러너들도 40대에 기록의 절정을 맞다가 나이 쉰을 넘어서서는 서서히 노화의 순리를 따르게 된다.

인생 다 살아보기 전까지는 최고의 순간이 언제인지 알 수 없다. 단지 "그때까지의" 최고 순간이 존재할 뿐이다. 하지만 평균적으로 보면 생물학적으로나 사회적으로 40대가 가장 왕성하고 정열적인 시기일 것이다. 세월이 멈춘 듯한 천년고도 경주, 세월이 가속이 붙기 시작하는 40대의 마지막 달리기를 2016년 10월 그곳 경주에서 '고별식'처럼 치렀다.

인류의 진보는 '거인의 어깨'에 비유된다. "내가 더 멀리 보았다면, 이는 거인의 어깨 위에 올라서 있었기 때문이다." 아이작 뉴턴의 말이다.

역사 속에 이름을 남긴 위대한 인물뿐 아니라 이름 없이 명멸해간 셀 수 없는 사람들의 삶이 쌓여 거인의 어깨가 된다. 천년의 도시 서라벌을 쌓아온 사람들도, 그 위에 또 천년고도 경주를 만들어온 사람들도 그렇게 쌓아왔다. 내가 오늘 내딛는 발걸음이 어깨의 높이를 조금 더 높이게 될 것이다. 20여 년 기자로 일하며 쌓아온, 앞으로도 조금 더 쌓을 먼지 같은 내 족적들도 내 아들딸, 후세 사람들이 좀더 멀리 바라볼 수 있게 하는 데 도움이 될 것이다. 인생의 정점을 지나는 러너의 소회를 천년고도 경주의 주로에 한걸음마다 새기며 달렸다.

하루키 정도면 아마추어로서는 수준급이다. 여기서 수준급이라는 건 '정상적인 사회생활'을 하면서 달리기를 즐기는 사람들 이야기다. 3시간 30분만 하더라도 시속 12킬로미터, 즉 1킬로미터를 5분에 달려야 한다. 42.195킬로미터를 단 한 번도 쉬지 않고 뛸 때 그렇다는 말이다. 물 마시고 바나나, 초코파이 같은 걸 집어 먹기 위해 속도를 줄이거나 잠시 걷는다면 실제 달릴 때 속도는 그보다 빨라야 한다.

3시간 30분대 미만 마라토너는 골프로 치면 '핸디캡 70대 후반' 정도 될 것이다. 3시간 이내에 들어오는 사람은 '정상적인 사회생활'을 포기하고 모든 생체리듬과 뇌구조를 달리기에 맞춘 '70대 초반에서 이븐 파 이하' 수준에 비길 만하다. 3시간 30분에서 3시간 45분은 핸디 80대, 3시간 45분에서 4시간은 90선, 4시간에서 4시간 반은 90대 중반, 4시간 반 이후는 '100돌이' 수준이다.(나이 감안해서 최대한 너그럽게 잡은 거긴 하다.)

동아마라톤 사이트가 2011년 이전 기록 조회 기능을 없애버려서 기록을 확인할 순 없지만 2005년 기록한 3시간 39분 40초가 그때까지의 내 최고기록이었던 것으로 기억한다. 핸디 80대 정도의 평범한 주말 골퍼 수준 달리기다. 나도 라이벌 하루키처럼

40대에 절정의 기록을 달성했으면 좋았겠지만 이미 물 건너간 일이었다. "그래, 그냥 지금의 하루키처럼 4시간 정도만 하자."

4시간 이내에 들어오려면 1킬로미터를 5분 39초, 시속 10.5킬로미터로 계속 뛰어야 한다. 마지노선을 킬로미터 당 5분 30초로 잡고, 5킬로미터마다 1초씩 평균 속도를 줄여보기로 했다. 서너 시간에 걸쳐 105리 길을 달리면서 초단위로 시간을 잰다? 마라톤은 그런 운동이다. 마라톤은 정밀한 정신운동이자 머리와 몸의 팀플레이다. 몸의 상태를 봐가며 머리가 명령을 내려야 한다.

과거와 현재가 공존하는 초현실 공간을 달리다

출발 전부터 비가 내리기 시작한다. 경주 시민운동장을 출발한 사람들의 물결은 천년고도 경주 시내를 구불구불 구석구석 돌아나간다. 주택가 바로 옆에 들어앉은 거대한 무덤들은 카이로 호텔 창문 바깥으로 솟아올라 있던 이집트 피라미드의 신라 버전이다.

이국 땅에 온 듯한 설렘을 전날 밤 맥주 한잔으로 달랬다. 잠 못 이루고 뒤척이던 천마총 옆 한옥 펜션 처마 끝에는 달무리가 걸렸다. 몽환의 고리는 천년 신라 왕조의 왕관처럼 밤새 금빛으로 빛났다. 현재와 과거가 사이좋게 한자리에 공존하는 초현실적인 공간을 달리는 게 경주대회의 '맛'이다.

33킬로미터까지는 그렇게 역사와 현실을 오가며 빗속을 미끄러지듯 질러나갔다. 하지만 이때의 '러너스하이' 뒤엔 얼마 지나지 않아 끔찍한 고통이 찾아온다는 걸 알아야 한다. 30킬로미터까지는 "오늘 사고치겠네"하는 생각이 들 정도로 기분이 좋다가 30킬로미터 넘어서면서부터 슬슬 불안해지다가 35킬로미터 부근이 되면 처참하게 무너질 가능성이 십중팔구라는 것을. 우리 몸의 탄수화물 저장능력 한계가 그렇다. 그걸 떠나 아무리 아름답고 황홀하고 재밌는 동작이라도 세 시간 넘게 똑같이 해보라면 한계가 오지 않을 턱이 있나.

그 끔찍한 고통을 나는 '러너스 헬'이라고 이름 붙였다. 풀코스 마라톤을 즐겼느냐, 혹은 죽다 살았느냐의 기준은 시작 1킬로미터와 마지막 1킬로미터의 속도다. 마지막까지 똑같은 페이스를 유지하고 골인했다면 그날은 자신과의 시합에서 완벽하게 성공한 거다.

이번에도 러너스 헬은 어김없이 찾아왔다. 35킬로미터부터 킬로미터 당 평균 속도가 1초도 안 줄더니 37킬로미터부터는 거짓말처럼 페이스가 급격히 떨어진다. 5분 30초, 5분 40초, 6분 1초까지 밀렸다. 마지막 힘을 쥐어짜 골인지점을 통과할 때도 엔진 속도가 5분 40초 이상으로 올라가지 않는다.

뒤늦은 후회가 밀려온다. 4일 전까지 술 달리는 게 아니었는데. 약속을 좀 미룰걸……. 왜 삶도, 달리기도, 후회는 반복되는 걸까? 주중엔 술로 달리고, 겨우 주말에야 발로 달리는 주말러너의 숙명이라고 위로할 수밖에.(마라톤 동호회 중에 '走走클럽'이라는 데가 있던데, 주말러너들은 대개 酒走클럽 멤버들이다.)

이번 대회에선 급기야 피까지 보고야 말았다. 젖꼭지에 1회용 밴드 붙이는 걸 깜빡했다. 30킬로미터 넘어서 자꾸만 따끔거리기에 내려다 봤더니 피가 줄줄……이런 적이 없었는데, 비가 계속 내린 탓에 옷이 달라붙어 마찰이 평소보다 심했기 때문이다. 아무짝에도 쓸모없는 남자의 젖꼭지가 이럴 때 존재감을 과시한다. 처음 풀코스 뛸 땐 열심히 붙였는데, 언제부터인가 울트라 마라톤 뛸 때 아니면 건너뛰는 경우가 많아졌다. 그래도 피가 난 적은 없었는데, 참사는 늘 '이번이 처음'이다.

골인 뒤 찍은 사진 속, 빗물에 희석된 혈흔이 애처롭다. 그렇게 나의 40대 마지막 풀코스가 끝났다. 고등학교 수학여행 때 다녀왔던 길을 되짚어 안개비를 맞으며 불국사와 석굴암을 다녀오는 것으로 40대 달리기 잔치는 막을 내렸다.

돌아오는 택시 안에서 나이 들어 보이는 기사분에게 눈치가 보여 "마라톤 교통통제로 불편 드려서 죄송하다, 지진* 때문에

* 2016년 9월 12일 저녁 7시 44분과 8시 32분, 경북 경주시 남서쪽 8,9km 지점에서 두 차례 발생한 지진. 최대 규모 5,8로 국내 기상청 지진 관측 이후 한반도에서 일어난 최대 규모의 지진이다

관광객도 줄었을 텐데"라고 말을 건넸다.(실제로 도심 마라톤 때마다 느끼는 미안함이다.)

"여기 찾아와 준게 고마운 거지. 마라톤 때문이 아니고 정치인들 때문에 다 망하게 생겼어요. 누가 재난구역 선포해달라고 했나. 우리집도 담장 흙이랑 기와 몇개 떨어졌는데, 그거 어차피 낡아서 떨어질 것들이었어요. 피해 조사도 아직까지 안 됐지만, 보상 나온다고 해봤자 기왓장 몇 개를 얼마씩 쳐줄 거여? 오만 원도 안 돌아올걸, 피해액수 부풀려서 괜히 재난지역 선포하는 바람에 사람들이 진짜로 '폐허'가 된 줄 알고 안 찾아오잖어. 재작년 세월호, 작년 메르스, 올해는 지진으로 3년 연속 공치는 바람에 숙박업소들 다 망했어. 특히 유스호스텔 같은 데는 학생 손님이 한 명도 없어. 이게 진짜 재난이지, 재난은 지들이 만들어 놓고." 기왕 생색내려면 제대로 내면 좋으련만 세금은 세금대로 들어가고 '2차 재난'으로 사람들은 더 힘들어 한다.

5

오십대의 회광반조,* 동아마라톤

　　동아마라톤(서울국제마라톤)은 대한민국 서울 한복판 도심을 달릴 수 있다는 점에서 러너들이 가장 매력을 느끼는 대회다. 직장 근처인 광화문 네거리에서 출발해 집 근처인 잠실운동장으로 골인하는 이 대회는 내게는 중앙마라톤과 더불어 또다른 '홈그라운드'다. 따뜻한 사무실에서 출발 직전까지 머무르다 뛰어나가는 호사를 누릴 수 있다. 마라톤 컨디션 조절의 화룡점정인 '몸 비우기'를 여유 있게 최상의 조건에서 할 수 있다. 매년 동아마라톤 때면 광화문 근처에서 30년 직장생활을 할 수 있었던 것에 진심으로 감사의 마음을 갖게 된다. 보통 때 그

---

*　迴光返照: 원래 뜻은 빛을 돌이켜 거꾸로 비춘다, 즉 온전한 마음으로 자신을 돌이켜 보는 걸 의미하는 불교용어. 죽기 직전에 잠시 정신이 멀쩡하게 돌아오는 현상을 가리키는 말로도 쓰인다.

렇게 내가 누리고 있는 것들을 돌아보고, 매사에 감사하면서 살면 좀더 나은 인간이 될 수 있을 텐데 왜 뛸 때만 이런 생각이 드는지.

서울 도심을 가로지르는 희열

광화문 네거리 한복판에서 출발, 세종로 너른 길 한 가운데를 뛰어 남대문을 향해 가는 스타트 구간에서 러너들은 세상을 다 가진 듯한 희열을 느낀다. 동아마라톤 초반 코스는 서울을 동서로 가로지르는 핵심 간선도로인 을지로-청계로(청계천 양안)-종로를 빼지 않고 왕복한다. 평소엔 차로 가득 차있던 이 넓은 도로들을 전세내 뛰는 데 5만원 참가비가 (비싸긴 하지만) 아깝지 않다. 길옆에선 스포츠 관련기업이나 단체, 밴드, 농악패들이 응원을 펼치는 것은 물론 지하철 2호선을 따라 코스가 이어지기 때문에 가족과 친구들도 지하철을 타고 이동하며 코스 곳곳에서 러너를 응원할 수 있다.

2017년 3월 동아마라톤은 달리기 경력 15년에, 50줄에 접어든 내가 10년 만에 기록을 경신했다는 점에서 특별한 대회였다. 세상 누구든 노화를 거스를 수는 없고, 러너들의 달리기 기록도 후퇴하기 마련이다. 아무리 속도에 연연할 이유가 없는 아마추어 러너라지만 인간은 '기록의 동물'이다. 기록은 러너에게 채찍질이 되고 희열이 된다. 어떤 운동이건, 어떤 수준이건, 남과의 경쟁이 아니라 자신의 성과를 수치로 확인하고 의미를 부여하는 것은 인간만이 할 수 있는 유희다. "기록에 신경 쓰지 않는다"는 말은 거짓말이거나 말을 한 사람이 러너가 아니거나 둘 중 하나다.

한국의 엘리트 마라톤은 이봉주가 2000년 도쿄마라톤에서 세운 한국 기록(2시간 7분 20초)을 못 뛰어넘고 있는데(2017년 대회에서도 유승엽이 2시간 14분 01초라는 올드한 기록으로 국내 선수 1위를 차지했다) 나라도 한국 마라톤 중흥을 위해 2005년 세운 3시간39분 40초의 개인 기록을 깨줘야 했다.

참가비 5만 원이라는 거금을 망설임 없이 긁을 수 있는 마라톤계의 호갱 50대가 10여 년 만에 기록을 경신했다는 건 아직 마라톤 산업이 3.5차 산업으로서의 가능성을 붙잡고 있다는 말이다.

10년 만의 기록 경신, 그 비밀

아무리 허접한 '난닝구'를 기념품으로 주고, 대회 운영이 불만이어도 5만 원을 흔쾌히 태우는 아재들은 활로 잃은 한국경

제의 유일한 희망이다. 10년 만에 '회춘'하고 이러면, 끈을 놓지 못하고 계속해서 달리기에 시간과 돈을 퍼붓게 되는 법. 그런데 이게 회춘이 아니라 '회광반조'라면?

나도 의외였다. 그해 겨울 특별히 성실한 삶을 산 것도 아닌데 왜 어떻게 기록이 단축됐을까? 아, 그렇지. 주로에서 귀인을 만난 거다. 뛰다 보면 수만 명 러너들 중에 아는 사람을 만나는 경우가 종종 있다. 대단한 인연임이 분명하다. 출발 후 1킬로미터쯤 지나서 누가 팔을 잡는데 DGB자산운용 이윤규 대표다. 20여년 전 내가 마라톤 한다고 온갖 잘난 척 하는 것 듣고 있다가 더는 못 참고 분연히 일어서 직접 몸을 던진 분이다. 서브3 직전까지 내달린 한국 증권업계 최고 실력자(자산운용 실력도 최고다) 이 대표하고 20킬로미터 정도까지 같이 뛰었다.

작년에 달리기 연습 중에 부상당해서 근 1년 만에 대회 나왔다며 "4시간 정도만 뛰지 뭐"하는데 뛰는 거 보니 그게 아니다. 킬로미터 당 5분 15초 이내로 3시간 40분에 근접하는 속도다.

"연습 하나도 못했어.""펀런 해야지 뭐.""마지막에 힘 남으면 뛰어보든지……." 마라톤 대회장에서 들리는 전형적인 거짓말을 뽑는다면 대략 이런 것이다. 이런 말에 속지 말고 자기 페이스 지켜야 한다.

그런데 이 대표 따라 가다 보니 저절로 킬로미터 당 5분 15초 페이스로 하프까지 왔다. 원래는 킬로미터 당 5분 20초, 그러니까 3시간 45분이 내심 세웠던 목표였다. 이 대표 안 만났으면 대충 그 정도 목표로 사람들 구경하며 뛰었을 거다. 한데 나보다 열 살이나 많은 이 대표 따라가다 보니 어라~ 할 만하네. 하프 지점쯤 있는 신답 지하차도를 내려서면서 느낌이 좋았다.

동마 코스가 신답지하차도를 통과하게 된 이후부터 여기를 지나면서는 괴성들을 지르는 게 전통처럼 됐다. 하프 정도 왔으니 힘도 들고 해서 소리를 질러서라도 추진력을 얻으려는 보이스 푸싱(Voice Pushing)이다. 보스턴마라톤의 상심의 언덕(Heart Breaking Hill)* 처럼 "이봉주가 여기 지날 때 소리 지르면서 힘을 얻었다는 보이스 푸싱 코스" 같은 전설 하나 만들면 좋을 텐데.(일할 때 말고 뛸 때만 이런 아이디어가 번쩍거린다.)

하프 지점부터는 급수대 빼고는 킬로미터 당 5분 미만으로 내달렸다. 30킬로미터 지점이 넘어가면 마의 '그분'이 오시곤 했다. 속도가 거짓말처럼, 브레이크 잡는 것처럼 늦어지는 거다. 이번엔 제발 좀 늦게 오시라고 기도(?) 하면서 내달렸다.

---

* 주자의 체력이 바닥나는 시점에 나타나는 급경사여서 흔히 "심장 파열 언덕"으로 번역하기도 한다. 하지만 이 말이 생겨나게 된 유래를 보면 "상심의 언덕"이 정확한 번역이다. 1936년 보스턴마라톤 당시 전년도 우승자 존 켈리는 앞서 달리던 엘리슨 브라운을 추월하며 어깨를 두드려줬다. 브라운이 힘을 얻은 건지, 모멸감을 느낀 건지 모르겠으나, 이후 그는 속도를 높여 32km 지점에서 켈리를 추월하며 우승을 차지했다. 〈보스턴 글로브〉가 기사를 쓰면서 "켈리의 마음을 아프게 하다(breaking Kelley's heart)"라고 표현한 이후 "상심의 언덕"으로 불리게 됐다.

서울숲 지나 네거리를 지나는데 교통 통제선 바깥쪽에서 "아 xx, 비키라고!@$#$%%^%" 하는 어느 중년 남성의 괴성이 들려 왔다. "인내심의 한계를 시험받는 분이시군"이라고 생각했다. 네거리를 20여 미터 지나자마자 뒤에서 비명들이 들린다. 그 남 성의 그랜저 승용차가 주자들의 행렬 가운데를 가로질러 네거 리 돌파를 시도한 거다. 조금만 늦게 달렸으면 그랜저 본네트 위에 널부러질 뻔했다. 뒤돌아보니 다행히 다친 사람은 없어 보 인다. 교통통제 때문에 분통 터지는 분들 심리는 200% 이해한 다. 그렇다고 자동차 머리를 들이 밀어버리면 어쩌란 말인가.(마 라톤 때문이 아니래도 저 분은 조만간 사고칠지 모른다.)

자동차는 어쩔 수 없다 하더라도 급한 용무가 있는 보행자들 이 눈앞에 빤히 보이는 건너편에 가질 못하고 몇시간이나 발이 묶이면 나라도 분노가 화산처럼 폭발할 것이다. 미국 보스턴마 라톤에서는 보행자들을 횡단시키는 멋진 아이디어를 도입했 다. 일정구간 주로의 차선을 A, B 절반씩 나눠서 처음엔 러너들 을 A차선으로만 보내고, 보행자들은 나머지 B차선까지 진출해 대기하게 한다. 다음엔 러너들을 B차선으로 유도한다. 이때 B차 선에 있던 보행자들은 러너들이 B차선에 도달하기 전에 비어 있는 A차선으로 재빨리 이동해 길을 건넌다. 행인들이 대회 관 계자들의 표지판 지시에 따라 일사분란하게 이동하는 모습을 동영상으로 보면 기발한 아디이어에 감탄하게 된다. 국내대회에도 도입하면 우리나라 사람들은 훨씬 민첩하게 잘해낼 수 있을 것이다.

'그랜저 어택' 보느라 잠시 늦췄던 발걸음을 재촉하는데 어째 속도가 안 난다. 팔을 열심히 앞뒤로 저어본다. 무라카미 하루키도 즐겨 했다는 비장의 '핸드 엑셀러레이터'다. 그런데 흔들어봤자 별로 추진력이 안 생긴다. 한심하게 양팔 쳐다보는데 뭐가 성큼성큼 지나간다. 190센티미터는 됨직한 키에, 그 절반 이상 되는 다리를 앞뒤로 교차시키며 치고 나가는 웨스턴 피플. 보고 있자니 마라톤도 체급 경기로 전환해야 하는 거 아니냐는 생각이 든다. 저런 황새하고 나 같은 뱁새가 같은 조건으로 뛰는 건 플라이급 선수가 헤비급 선수와 맞장 뜨는 거나 다를 게 없지 않나.

신체 조건 따라 플라이급, 미들급, 헤비급 식으로 등급 매기고, 골프에서 핸디 주는 것처럼 마라톤도 다리 길이에 따라서 구분하는 게 '공정' 아닌가. 그래서 마라톤 올림픽 금메달 숫자도 좀 늘리고. 애초부터 조건이 다른 황새다리와 뱁새다리를 똑같이 취급하지 말고, 일정 다리 길이 이하는 '기본 거리'나 '기본 시간'을 얹어주는 걸로.

그러나 기적은 없었다

이런 말도 안 되는 생각까지 동원해 고통을 눌러가며 40킬로미터 지점을 향해 가다 보니 진짜로 마라토너들 늘 하는 말로 "이거 사고 치는 거 아닌가" 하는 생각이 든다. 보스턴은 50~54세 풀코스 3시간 30분이 컷오프다. 첨엔 3시간 45분이면 만족하려 했는데, 30분대가 보이니 보스턴까지 넘보려 한다. 이런 걸 도둑놈 심보라고 한다. 홍수환이 카라스키야한테 네 번 다운됐다가 한 방에 역전 KO 시키기도 하고, 한국 축구가 독일 축구를 이기기도 하지만, 마라톤은 예외가 없는 '과학'이다. 중간에 지하철 타고 '점프'하지 않는 한 기적은 없다.

게다가 38킬로미터 지점인가에선 갑자기 매복 빨치산들 쏟아져 나오듯 파란 옷 입은 달림이들이 합류해 길을 메운다. 그 지점에서 출발한 10킬로미터 부문 참가자들이 합류한 거다. 대개 이 주자들은 광화문부터 뛰어온 사람들보다도 속도가 늦기 때문에 교통체증을 일으킨다. 마지막 잠실스타디움 골인할 때도 10킬로미터 주자들 헤치고 들어가느라 속도를 낼 수 없었다. 골인 지점에선 난생 처음 마라톤(?)을 해본 분들이 즐겁게 기념사진 찍느라 길을 막고 있어 결승선 통과 후 기록계측 매트를 밟는 데 한참 걸렸다.

결승선 통과 후 문자로 날아온 기록은 3시간 39분 14초. 아깝다. 10몇 초 손해 안 봤으면 38분을 보는 건데. 그게 그거라고? 10여 년간 3시간 39분 기록을 못깬 사람에게 3시간 38분과 39분은 어마무시한 차이다. 이렇게 궁시렁대고 있는데 다시 공식 기록이 날아왔다. 3시간 38분 56초. 3시간 39분이 아니라 38분이다. 8과 9라는 숫자가 주는 아드레날린, 엔도르핀의 차이, 가소롭다고 비웃을 일이 결코 아니다.

옷 갈아입고 스타디움을 빠져나오면서 어제 그렇게 먹고 싶었던 맥주를 노점상에서 샀다. 주인 할머니가 건네준 플라스틱 의자에 앉아 캔맥주를 달디 달게 빨아 먹었다. 땀범벅 뒤에 마시는 맥주, 참고 참다 마시는 맥주 맛을 누가 알까? 들어줄 사람도 없는 혼잣말을 던지며 기분 좋게 히죽대는데······.

문득 딘 카르나제(《울트라 마라톤맨》저자)의 말이 뒤통수를 친다. "달리기를 마친 뒤 기분이 좋다면 최선을 다한 게 아니다. 지옥처럼 고통스러워야 한다." 그러고 보니 근육도 멀쩡하고 저체온증도 없고 물집 하나 잡힌 데가 없다. 더 뛸 수도 있었을 거 같다.

나 이렇게 기분 좋으면 안 되는 거 맞지?

인생 마라톤, 고전으로 읽는 42.195km

단풍이 절정에 달한 거리를 하염없이 달릴 수 있는 것은 1년에 며칠 누릴 수 없는 낭만이다. 더구나 평소엔 차로 가득 차던 드넓은 서울 복판 도로를 전세내 낙엽을 밟을 수 있다는 것만으로도 한없는 호사다. 11월 첫째 주 정도면 오전 기온이 사람이 가장 잘 달릴수 있다는 영상 6~9도가 된다. 이맘 때 열리는 중앙마라톤을 해마다 빼먹고 넘어갈 수 없는 건 그런 이유에서다.

3월에 열리는 동아마라톤(서울국제마라톤)은 광화문에서 출발해 잠실운동장으로 골인하고, 11월 중앙마라톤(JTBC마라톤)은 잠실운동장에서 출발해 수서를 돌아 다시 운동장으로 들어오는 순환 코스다. 서울에서 열리는 양대 대회의 골인점이 이곳이고, 그 외 크고 작은 마라톤이 열리는 한강변을 끼고 있으니 잠실은 한국의 '마라톤 메카'라 해도 과언은 아니다.

출발선에 설 때마다 느끼는 건 가벼움이 주는 자유다. '달리는 현자' 조지 쉬언의 말처럼 말이다. "러너에게는 가벼운 게 좋은 것이다. 러너의 삶은 몇 마디로 설명할 수 있다. 달릴 땐 필요한 것도 원하는 것도 많지 않기 때문이다."(달리기가 철학이 되는 이유를 보려면 조지 쉬언이 쓴 《달리기와 존재하기》를 읽어 볼 것.)

출발 총성이 울릴 때 걸치고 있는 건 팬티와 런닝 한 장, 운동화 한 켤레가 전부다. 풀코스를 두 시간 언저리에 뛰는 프로 러너들도 걸치고 있는 건 나하고 다를 게 없다. 프로와 아마추어 장비에는 차이가 있지만 그래도 가격 차이가 가장 적은 운동 중 하나가 마라톤이다.

물론 도로 위에도 '차별'은 있다. 수천, 수만 명이 참가하는 대규모 대회에서는 엘리트 선수들이 먼저 출발한다. 아마추어들도 기록에 따라 서너 등급으로 나뉘어 시차를 두고 출발한다. 보통 내 가슴에 달려 있는 배번은 "4시간 이내~3시간 30분" 주자를 의미하는 B그룹. 나쁘지 않은 계급이다. 개인 최고기록 3시간 25분이 유효했던 시기엔 A배번을 달고 선두 그룹에서 뛰기도 했다. 상류계급이 느끼는 우월감이 없을 수 없다.

기록이야 '도토리 키재기'인 아마추어 마라톤이지만 그래도 '시간'이 더해주는 재미와 동기부여를 무시할 순 없다. 학생이 성적으로 규정되고, 골프가 핸디로 서열이 갈리듯 러너들의 계급은 완주 기록이다.

　행복한 삶의 첫 관문이 '부자 나라'에서 태어나는 것이고, 그 다음은 부모 잘 만나는 것이라고 한다. 출발이 다르면 따라잡기가 좀체 힘든 게 인생이다. 하지만 달리기는 D그룹에 속해 있어서 출발 총성이 울리고 한참 뒤에야 출발선을 넘어설 수 있다 하더라도 힘들게 그 시간을 벌충할 필요가 없다. 누구나 출발선을 통과하는 시간부터 '넷타임'으로 기록을 잴 수 있게 만든 국산 무선인식(RFID) 제품 '스피드칩' 덕이다. 아마추어 달리기 세계에서 단연 돋보이는 발명품이었다.(지금은 배번이나 운동화에 부착하는 다양한 제품들이 나와 있다.)

　순환 코스 마라톤의 재미 중 하나는 선두 주자와 후미 주자를 마주칠 수 있다는 점이다. 중앙마라톤은 출발 후 1시간 30분 정도 지나면 우승 후보를 볼 수 있다. 나는 기껏 15킬로미터를 조금 지날 시점에 이 사람들 벌써 30킬로미터를 향해 달리고 있다. 100미터를 17~18초에 뛰는 속도로 42.195킬로미터를 쉬지 않고 달리는 '러닝 머신'이다. 맨 앞에서 달리는 주자는 십중팔구 케냐 선수다. 해가 바뀌면 우승하는 선수의 얼굴도 바뀌지만 우승자의 국적은 거의 예외 없이 케냐고, 가끔 이디오피아일 때도 있다. 한국 선수는 한참 뒤에 지나간다. 물론 그나마도 대단한 거다.

　한국 사람이 엘리우드 킵초게, 제임스 킵샹 쾀바이 같은 대단한 선수들이 길바닥에 널려 있는 케냐 사람들보다 잘 달리는 건 몇백 년, 몇천 년 이내에는 불가능하다.(이봉주 같은 극히 예외적인 한두 명 빼고.)

왜? 우리와는 다른 DNA가 케냐의 칼렌진(Kalenjin) 부족에게 각인돼 있기 때문이다. 역사상 2시간 10분 이내에 달린 미국인은 17명이다. 칼렌진 부족은 2011년 10월 한 달에만 2시간 10분 이내 기록을 낸 사람이 32명에 달했다, 한국인 가운데 2시간 10분 이내 기록을 낸 사람은 10명이다. (칼렌진 부족의 기록에 대해서는 추바치 신이치가 쓰고 이윤희*와 미즈노 지즈루가 번역한《케냐 마라톤, 왜 빠른가》와 팀 녹스의《달리기의 제왕》참조.)

우리는 왜 달리는가

이들은 화살이 발명되기 전부터 이른바 지속사냥(Persistent Hunting)으로 동물을 잡았던 최고 사냥꾼들의 후예다. 고상한 말로 지속사냥이지, 아프리카 대평원에서 영양 한 마리를 찍어 그

---

* 국내 운동영양학 분야 선구자로 한국운동영양학회 부회장, 대한육상연맹 의무위원을 맡고 있다. 마라톤 풀코스 250회, 울트라 마라톤 50회를 달린 러너로서 마라톤을 비롯한 각 종목 국가대표와 아마추어 선수 및 애호가들에게 운동영양학과 생리학을 강의한다. 대표를 맡고 있는 ㈜파시코에서 생산하는 운동영양 보충제 파시코를 선수들에게 후원하고 있다.

한 놈만 죽어라고 지쳐 쓰러질 때까지 쫓아가서 몽둥이로 때려 잡거나 목 졸라 죽이는 무식한 방법이다. 아프리카 남부 코이산족은 지금도 그런 방식으로 사냥하는 것으로 알려져 있다.

단거리라면 게임이 안 되지만 수십 킬로미터 이상을 달리는 장거리 경주에선 사람을 이길 동물이 별로 없다. 치타나 사자, 영양처럼 온몸이 털로 덮여 있는 네 다리 단거리 고수들은 두발로 달리는 사람처럼 달리면서 복사열을 적게 받고, 또 열을 발산할 수 있는 기제를 갖고 있지 못하기 때문이다.('장거리 러너'로서 인간의 장점에 대해서는 베른트 하인리히 《우리는 왜 달리는가》참고.) 이런 사냥꾼의 후예들과 비교하면 일찍이 수렵 문화를 접고 농경 생활을 해온 우리 조상들의 DNA는 애초부터 달리기보다는 걷기에 적응돼 있었을 것이다.

25킬로미터 반환점을 돌면 그때부터는 나보다 후미 주자들의 얼굴을 하나하나 쳐다보면서 가는 맛이 쏠쏠하다. "저렇게들 힘들어 하면서 뛰는 사람도 있는데 난 양호한 거지……" 하는 위안도 얻을 수 있다. 달린다기보다는 걷는다는 말이 맞을 주자들이 늘어나는 것도 이때쯤이다.

혼자서 더 이상 앞길을 개척해갈 에너지를 상실한 사회적 약자들을 위해 마련한 '사회 안전망'이라는 게 있다. 마라톤에는 '회수차'가 있다. 준비가 부족해서, 부상을 당해서, 몸 컨디션이 좋지 않아, 혹은 애초에 객기로 도전했다가 더이상 뛰지 못하고 뒤처진 사람들을 위한 '안전망'이다.

사회에서 '저소득층, 차상위층'이 살아가기가 중산층 이상보다 훨씬 고달프듯, 마라톤도 후미주자들이 겪는 고통이 훨씬 크다. 어느 '개념' 마라토너가 우승한 뒤 인터뷰에서 힘들지 않느냐는 (참 어리석은) 질문에 "난 두시간 조금 넘게 뛰면 되지만, 아직도 뛰고 있는 아마추어 마라토너들이 훨씬 힘들 거다"라고 대답하는 걸 본 적이 있다.

그냥 힘든 게 아니고 가끔은 험한 꼴도 겪게 된다. 선두 주자에게 박수를 쳐주던 길가 구경꾼들이나 운전자들의 인내심은 1시간 넘는 교통 통제를 겪다보면 한계에 다다른다. 똑바로 앞으로 걸어가기도 힘든 상태에서 '무능력자' '빨리 아웃시켜야 할 대상'이란 욕을 들으며 뛰는 건 더 힘들다.

"길 전세냈냐?" "니들이 뭔데, 누구 맘대로……왜 우리가 불편을 참아야 해?" 이런 불만은 고스란히 후미 주자들한테 쏟아진다.(마라톤 대회 시간에 아이 학원 태워다줘야 했던 아내가 늘 했던 말이다. 그래도 "공공행사니까, 좀 참아주면 안 돼"하고 대들어 보지만 "지들 놀자고 하는 게 무슨 공공행사라고……" 하면서 눈꼬리가 올라가면 그냥 꼬리를 내리는 게 현명한 자세다. '공공'의 정확한 기준은 어디까지일까?)

무거운 다리 질질 끌며 힘들게 한 발 한 발 옮기다 보면 교통 통제를 뚫고 길을 가로지르는 자전거, 오토바이와 부딪히기도 하고, 심지어 홧김에 자동차 머리를 들이미는 운전자들의 위협도 맞닥뜨리게 된다. 쉬언은 러너들의 적 세 가지(자동차, 개, 의사) 가운데 자동차를 맨 앞에 뒀다. 이들은 다 피하는 게 상책이다. 달려드는 개나 자동차와 싸워 봤자 남는 게 없다. 러너가 꼭 기억해둬야 할 말이다. 의사는 왜 적이냐고? "관절 다친다." 어쩐다 하면서 달리기 같은 무리한 운동은 절대 하지 말라는 사람이 의사들이니까.

30킬로미터 지점. 180그램짜리 초경량 러닝화조차도 무거워진다. 그래도 5킬로미터마다 있는 급수대를 그냥 지나치지 않고 물 한컵씩을 마시며 200미터를 걷는 워크 브레이크(Walk Break, 제프 갤러웨이의《마라톤 나도 할 수 있다》참조)를 하며 페이스를 유지한 덕에 나를 추월했던 주자들을 다시 한 명씩 제친다.

맨발로 풀코스를 뛰고 있는 러너가 앞에 보인다. 달리기와 관련해 뜨거운 논쟁거리 중 하나가 맨발 달리기 내지는 '러닝화의 위험성'이다. 인간은 200만 년 전부터 장구한 세월을 대부분 맨발로 뛰어왔고, 발 구조도 그렇게 돼 있다. 맨발로 뛸 때 자연스럽게 가장 부상이 적은 주법, 즉 앞꿈치부터 혹은 발바닥 전체가 착지하는 방법으로 뛰게 돼있다는 것이다.

나이키 같은 회사가 쿠션 러닝화를 발명하면서부터 뒷꿈치부터 내딛는 주법이 상식으로 자리잡았지만 실상 뒷꿈치부터 내딛는 방식은 관절과 인대의 부상을 불러오는 가장 큰 주범이라는 것이다.(스콧 주렉《호모 러너스》참고.)

마라톤계의 다큐멘터리 무협지라고 할 수 있는 크리스토퍼 맥두걸의《본 투 런》은 첨단 마라톤 신발과 각종 훈련기법으로 무장한 프로들을 비참하게 만든 멕시코 타라후마라족 이야기다. 미국 서부 험준한 산악지대에서 열리는 150킬로미터 '리드빌 트레일' 울트라 마라톤 대회에 샌들 신고 망토 걸치고 홀연히 나타나 세계 챔피언들을 가볍게 물리치고 총총히 사라진 타라후마라족 러너들.

타이어 조각을 이어 만든 샌들로, 최소한의 발바닥 보호만 하면서 거의 맨발처럼 뛰어 100킬로미터 대회를 휩쓴 타라후마라족이야말로 맨발, 혹은 쿠션이 없는 최소한의 신발을 신고 달리는 맨발 달리기의 효용성을 보여준다는 게 '맨발 학계'의 주장이다.

하기야 서양인들의 동양(페르시아) 공포증을 처음으로 씻어준 BC 490년 마라톤 전투의 전령 필리피데스도 샌들을 신고 뛰었다. 필리피데스(실존 인물이 아니라는 설도 있지만)는 하루에도 100~200킬로미터씩을 예사로 뛰어야 했던 전령(day-runner)이었다. 아테네연합군의 승전보를 알리러 마라톤 평원으로부터 42.195킬로미터 거리를 뛰어오기 전에도 스파르타에 출병을 요청하러 240킬로미터를 왕복했던 초인이었다. 그런 필리피데스 역시 맨발이나 다름없었던 셈이다.(마라톤 전투 상황과 필리피데스의 역할에 대해선 니콜라스 세쿤다《마라톤 BC 490》참조.)

맨발로 뛰건 운동화 신고 뛰건 초반엔 '감속'이 안 되고 후반엔 '가속'이 안 돼 문제인 건 인생이나 마라톤이 비슷하다. 마구들이대고 질주하다가 나중에 후회하게 되는 꼴은 마라톤으로 치면 25~30킬로미터 정도까지 대책 없이 내달리는 거나 마찬가지다.

흔히 하는 유머로 인생 3대 위험이 "초년급제, 중년상처, 노년빈곤"이라는데 달리기도 초반의 화려한 질주만큼 치명적인 게 없다. 25킬로미터, 30킬로미터까지는 날아갈 듯하다가도 거짓말처럼 30킬로미터가 지나면 힘이 쭉 빠지는 게 대부분의 마라토너들이다.

초반에 에너지를 축적하고 자신의 페이스를 유지해온 주자는 속도가 줄지 않는다. 엘리트 선수만이 아니라 초보자를 포함한 모든 러너들에게 가장 이상적인 러닝 페이스는 '이븐페이스(even-pace)'다. "우리 몸의 에너지와 산소는 일정한 페이스로 달릴때 가장 효과적으로 사용된다."(초보자 입문서로는 이홍렬《동네 조깅에서 진짜 마라톤까지》가 좋다.)

35킬로미터를 지나면 이젠 적어도 피니시 라인까지 갈 수는 있겠구나 하는 생각이 든다. 남아 있는 마지막 힘으로 한번 질러봐야 하는 순간이다. 속도를 더 높여 정말 죽을 힘을 다한다. 달려서 미국을 횡단하는 등 초장거리 울트라러너로 유명한 딘 카르나제가 젊을 적 육상코치에게 들었던 말을 떠올려야 하는 순간이다. "달리기를 마친 뒤 기분이 좋다면 최선을 다한 게 아니다. 지옥처럼 고통스러워야 한다."("If it felt good, you didn't push hard enough. It suppose to hurt like hell." 《울트라 마라톤맨》에서 인용.) 골인했는데 힘이 남아 있으면 얼마나 허탈한가.

대부분 한번 질러보지도 못하고 끝마치는 게 우리 인생이다. 어디서 질러야 할지 알지도 못하고, 질러야 할 것인지 판단도 미루다가, 언제부터인가는 지를 힘조차 남아 있지 않게 된다. 그래서 "우물쭈물하다가 내 이럴 줄 알았다"는 조지 버나드 쇼의 묘비문이 가슴에 와 닿는 것이다.

인생은 단 한 번뿐인 마라톤

37~38킬로미터. 중앙마라톤은 수서역 지나 탄천 1교로 올라채는 오르막 마지막 고비가 이 지점이다. 동아마라톤은 잠실대교로 올라서는 지점쯤 된다. 표고 10~20미터 정도 올라가는 언덕에 불과하지만 보스턴마라톤의 상심의 언덕(Heart-Breaking Hill)을 오르는 다리가 이만큼 무거울까 싶다.

무라카미 하루키가 뉴욕마라톤 뛸 때마다 장벽처럼 주자의 앞길을 가로막고 마지막까지 남겨놓았던 기력을 무자비하게 앗아간다는 센트럴파크 언덕길이 이럴까. 하루키 말대로 다리

근육은 이때부터 비명을 질러대기 시작한다.(러너 무라카미의 경험담은《달리기를 말할때 내가 하고 싶은 이야기》참조.)

드디어 잠실운동장 메인 스타디움. 가장의 눈물겨운 완주를 기다리고 있는 가족(첫 완주일 가능성이 크다. 두세 번 계속되면 그 다음엔 마라톤을 나갔는지 조깅하고 오는지 관심 밖이다)과 친지, 동호회원들의 박수, 그리고 사회자의 마지막 격려 방송을 들으며 스타디움에 들어서는 순간만큼은 누구나 손기정이다.

마라톤이건 인생이건 처음 출발할 때보다 골인 지점에 찾아주는 사람이 훨씬 많다. 태어나는 날은 병원에서 부모와 눈 마주치는 걸로 의식을 마치지만, 장례식장에는 사돈팔촌에 직장 동료, 학교동창 다 모여서 마지막 인사를 나눈다.(마라톤 골인했다고 봉투에 돈 넣어주는 사람은 없지만.)

후미 주자들의 골인 행렬은 다섯 시간이 넘어서까지 길게 이어진다. 프로 선수들보다 2배 이상 긴 시간, 다른 참가자들과 비교해도 한두 시간은 족히 더 뛰어야 했던 만큼 이들이 겪은 '고통'은 훨씬 심하겠지만 느끼는 감격도 그만큼 클 것이다.

기록과 상관없이 마지막까지 속도를 늦추지 않고 이븐 페이스로 달린 끝에 메인 스타디움에 들어서며 막판 스퍼트로 마무리한 레이스는 성공적이고 즐거운 것이다.

42.195킬로미터 달리기를 책 한 권 분량으로 풀어낸 대단한 '썰(說)꾼' 마크 롤랜즈의 비유에 따르면 달리는 동안 러너의 사

유는 "스피노자-흄-데카르트-사르트르"를 거친다.

정신과 육체가 분리되지 않은 결합체로 움직이는 스피노자기期, 육체와 정신이 따로 노는 데카르트기, 사유가 육신을 벗어나 춤추는 단계인 흄기, 의식이 아예 텅 비는 사르트르기……(마크 롤랜즈《철학자가 달린다》참조.)

이런 거창한 언어의 유희까지는 아니더라도 짧게는 세 시간 길게는 다섯 시간을 온전히 자신의 육신에 귀 기울이는 흔치 않은 기회가 주는 정화효과, 여기에 종아리, 허벅지, 엉덩이 근육의 파르르한 진동은 고통을 참아낸 사람들에게 약속된 정직한 마조히즘이다.

러너들의 참았던 말문은 스타디움 주변을 거대한 잔치마당으로 만든다. 동호회 회원들끼리 둘러앉아 파전에 막걸리 한잔 걸치면 거침이 없다. "다음엔 서브3 할 수 있을 거 같아." "선수 할 일 있나, 다음에도 살살 구경하면서 뛰자고." "다음엔 내가 이 짓을 하나 봐라." 침들이 튄다.

"다.음.에……." 이건 마라톤 대회기에 가능한 말이다. 이번에 목표를 달성하지 못했으면 다음에 더 잘 달리면 된다.

하지만 인생은 단 한 번만 허용된 마라톤이다. 지금 뛰지 않으면, 지금 하고 싶은 걸 하지 않으면 '다음'은 없다.

Part 3

달릴 수 있다면
어디든 갈 겁니다.

'나중에, 다음에, 언제 한번'만큼 허망한 공수표가 없다.

나이가 들어갈수록 '나중에'는 '네버(Never)'와 동의어가

될 가능성이 크다.

지금 달리지 않으면 '나중'은 없다.

오늘 뛰어 보지 않고 지나친 길은

이번 생에는 다시 밟지 못할지 모른다.

1

프라하마라톤,
'나의 조국' 전율 속에서 달리다

　　프라하마라톤에서 '1등' 했다. 프라하마라톤은 보스턴, 뉴욕, 런던, 도쿄마라톤만큼 유명하지는 않다. 하지만 몇 해 전 세상을 떠난 배우 김주혁이 드라마 〈프라하의 연인들〉에서 전도연과 달렸던 대회라면 느낌이 다를 것이다.

　　아무튼 "동유럽의 진주"로 불리는 프라하에서 2018년 5월 6일에 열린 대회. 이날 최고의 화제는 백인인 미국의 갤런 럽이 케냐를 비롯한 쟁쟁한 아프리카 선수들을 제치고 2시간 6분 7초라는 개인 최고기록으로 우승한 것이었다. 덧붙여 (아무도 몰랐던) 나만의 화제는 나이 쉰 넘은 대한민국 중년 사내가 제 돈 내고 마라톤 하겠다고 비행기 타고 날아와 한국 출전자 중 1위를 한 것이다. 4시간 29분이라는 '형편없는' 기록으로.

그 무렵은 남북미 대화가 한창 달아오를 무렵이었고, 무엇보다 어버이날까지 끼어 있던 기간이었는데 휴가를 다녀왔다. 게다가 편집국장 발령 난 지 불과 넉 달 만에 낸 휴가였다. 바로 전날 편집국 워크숍에서 이렇게 이야기했다. "행복한 노동자가 만든 제품이 소비자를 만족시킨다. 기자가 행복해야 기사도 감동을 준다. 데스크도 행복할 권리가 있다." 그러고는 다음날 곧바로 튀었다. "국장도 행복할 권리가 있다"는 말은 속으로만 했지만 기자들은 눈치가 빠르니 "저 사람이 휴가라도 가려나" 하고 짐작은 했을 것이다.

5월 6일 아침 9시 나는 프라하의 올드타운 스퀘어(구시가 광장)에 서 있었다. 지축까지 쿵쿵 울리는 스메나타의 교향곡 '나의 조국, 2악장-몰다우강(체코어로는 블타바)'을 들으며 스타트를 끊었다. 많은 마라톤 대회를 나가봤는데 교향곡 들으면서 출발하기는 처음이었다. 보헤미아(체코 서부지역)의 민족음악가 스메타나는 음악을 통해 오스트리아의 지배에 항거한 혁명가였다. '나의 조국'은 그가 죽기 1년 전인 1883년 프라하에 헌정한 곡이다.

구시가 광장 중앙에는 로마 카톨릭 성직자들의 기득권과 부패에 반발해 종교개혁에 나섰다가 1414년 화형당한 체코의 정신적 지주 얀 후스의 동상이 서 있다. 후스 동상 주변을 프라하의 랜드마크 틴 성당과 천문시계탑 등 바로크, 로코코, 고딕 양식의 건물들이 둘러싸고 있어 '나의 조국' 메아리의 울림이 더욱 장엄하게 들린다.

구시가 광장 근처엔 1918년 독립선언, 1968년 프라하의 봄, 1989년 벨벳 혁명이 일어난 바츨라프 광장이 자리잡고 있다. 체코의 구시가지는 혁명과 저항의 역사를 간직한 무대 그 자체인 셈이다. 마라톤 출발에 앞서 이 무대에서 실제 오케스트라가 '나의 조국'을 연주한다면 말 그대로 환상이겠다.

보헤미아의 저항과 혁명 정신이 고스란히 담긴 천년고도의 위엄은 '남의 조국' 교향곡을 듣는 이방인의 가슴 속까지 전율케 했다. 왕릉과 첨성대, 궁궐터 사이를 달렸던 '천년고도 코스' 경주마라톤의 감동도 이에 못지 않았다. 그런데 경주의 출발점은 현대식 스타디움인 데다, 경주엔 스메타나의 교향곡이 없다. 유적지 근처에서 스타트 하는 건 어렵다 해도 신라 우륵의 가야금 곡조라도 복원해 틀어주면서 달리기를 시작하면 어떨지. 주자들도 어깨춤을 추며 몰려나가고……. 흠, 좀 웃기긴 하지만 뭐 어떤가, 상체 근육도 풀고 좋겠다.

호사의 백미는 여행주, 돌길을 달리다

아무리 '광장'이래도 9778명의 참가자를 수용하긴 힘든 터라 구시가 광장 옆 골목까지 출발선이 길게 늘어섰다. 참가자들과 일반인을 구분하는 울타리가 설치되고, 일찌감치 교통도 통제됐다. 큰 맘 먹고 휴일 아침 일찍 프라하 관광 나선 사람들이 시내에 가득한데 큰 도로 작은 골목 할 거 없이 막아놨으니 나로선 '마라톤 길티(guilty, 죄책감)'를 느끼지 않을 수 없다.

그래도 다들 박수치며 즐거워한다. 이것도 신기한 구경거리로들 여기는 듯했다. 서울 시내를 달리면서 겪게 되는 야유와 전투(마라토너들이 길을 전세낸 데 대한 분노를 참다못해 승용차로 통제선을 밀치고 돌진하는 사람까지 봤다)가 이곳엔 없었다. 관광도시인데다 풀코스 대회가 1년에 한 차례 밖에 열리지 않아서 그런가 보다.

프라하마라톤의 특징이자 장애물 중 하나는 돌길이다. 구시가 대부분이 유네스코 문화유산으로 지정돼 있는 도시답게 출발점인 올드타운 스퀘어를 비롯해 유적지 곳곳의 도로가 수백년 된 큼지막한 돌로 포장돼 있다. 보기는 아름답지만 얇은 레이싱화로 밟고 뛰기에는 취약이다.

출발할 때는 그렇다 쳐도 완전 녹초가 된 골인지점의 돌바닥은 자동차 통행 방지를 위해 박아둔 쇠꼬챙이처럼 느껴진다. 어지간한 주말마라토너는 프라하마라톤 갈 때 레이싱화 대신 '쿠션화'나 '안정화'를 선택하는 게 낫겠다. 하기야 적잖은 돈 들여 남의 나라에 와서 42.195킬로미터를 뛰는 미친 짓을 자처하는 사람들에게 그 정도 발바닥 고문은 흥분을 고조시키기 위한 마

2018년 5월 체코에서 열린 프라하마라톤 대회.
약 20km를 달려 다시 출발지이자 중간 지점인
올드타운 스퀘어(구도심 광장)의 돌바닥 길을 지나고 있는 주자들.

조히즘 도구일지 모른다.

프라하마라톤 코스는 구시가 광장을 출발, 체후프, 카를루프 다리 등을 10번이나 건너며 블타바 강변을 오르내리고 시가지 외곽을 돌아 다시 구시가지로 돌아온다. 외곽 신시가지 쪽 풍경은 여느 서구 도시 신시가지와 차이가 없다. 하지만 프라하 성, 국립음악당, 카를 브릿지, 댄싱 빌딩 같은 인스타그램에서나 볼 수 있던 곳들을 지나도록 코스가 설계돼 있어서 달리는 내내 프라하를 제대로 구경할 수 있다.

비 올 땐 우중주
밤새 뛰는 철야주
똥줄 빠져라 전력주
하염없이 길게 거리주
남하고 발 맞춰 동반주
출근 전에 가볍게 출근주
보람찼건 안 그랬건 퇴근주
술김에, 술 마시면서 취중주
덜 깬 채 숙취주, 깨려고 해장주
대회 뒤끝 몸 풀기 설렁설렁 회복주
참가비 안 내고 배번 없이 슬쩍 뛰는 뻐꾹주
딴 사람 칩 달고 '서브3'나 보스턴 참가기록 내주는 대리주 달리기 종류도 이처럼 가지가지다. 그래도 역시 호사의 백미는 멀리 떠나 달리는 관광주(走), 여행주다. 돈이 들어서 그렇지!

프라하 관광주 중에서도 하이라이트는 중세에 건립된 다리 가운데 가장 아름답다는 카를루프 다리(찰스 브릿지, 카를루프모스트)다. 10년도 넘은 드라마지만 재희(전도연 분)가 다리 위에서 앞서 걸어가고 그 뒤를 상현(김주혁 분)이 따라가는 〈프라하의 연인들〉 장면이, 특히 김주혁이 운명한 뒤로 더 눈에 밟힌다는 팬들이 아직도 많다.

주말은 물론 평일에도 솔로, 연인, 가족, 신혼부부들로 가득 들어찬 이곳을 거침없이 달려서 건너는 호사는 참가비에 대한 유감을 조금은 덜어준다.(참가비가 신청 시기와 종류에 따라 우리나라의 2~3배는 되는 데다 옵션인 티셔츠에 사진까지 총 162유로를 내야 했다.)

프라하를 찾는 연인들은 예외 없이 이 다리에 오면 성 요한 네포무크 상에 손을 대고 소원을 빈다. 외간남자와 사랑에 빠진 왕비의 고해성사 비밀을 지켜준 죄로 처형당한 성인이다. 연인 아니라 남녀노소가 다들 문질러 아래쪽이 반질반질 빛난다. 그런데 나만 그런가, 나이 오십이 넘으니 이런 곳에 가서 빌 '소원'도 없어지는 게. 부족한 게 없어서? 설마 그럴 리가.

사랑, 행복, 어쩌고 하자니 사지가 먼저 오글거리고, 물질을 갈구하자니 찌질해 보이고, 건강이야 제 스스로 챙기는 거고, 국가와 민족은 나 말고도 걱정하는 국민들이 너무 많으니……

'세계에서 가장 사랑받는 다리'로 불리는 카를루프 다리 위를 달리고 있는
프라하마라톤 참가자들.
프라하마라톤은 몰다우(체코어로는 블타바)강 위의 다리들을 열 번이나 오가며
프라하 성, 국립음악당, 댄싱 빌딩 같은 유적지와 명소들을 지나는 '관광주'의 백미다.

소원 좀 생기게 해달라고 빌어야 하나? 앞서 왔던 너는 대체 뭘 빌었을까?

물거품 된 알뜰 마라톤 계획

학자-기자-사업가를 거쳐 체코에서 인생 4막을 열어 보겠다며 홀홀 단신 지난해 프라하를 선택한 이 모 선배가 농담처럼 프라하마라톤 이야기를 꺼내곤 했다. 그래도 실제로 카를 다리를 이렇게 달리게 될지는 몰랐다. 그 선배와의 대화 결론은 "다음이라는 말은 '다음 생애에서나'라는 말이나 같다"였다. 나이 오십 넘으면 이제부터 하는 시도는 대개가 이 세상에서 마지막 하는 일일 가능성이 크다.

그래 '못먹어도 GO'다. 덜컥 신청을 했다. 선배 얼굴도 보고, 주말 끼고서 하루나 이틀 휴가 내면 되겠다 싶었다. 항공권은 소멸기간 다가오는 항공사 마일리지를 털고, 숙박은 '빈대'로, 컨디션 조절을 위해 밥과 술은 최소화. 그럼 뭐 얼마 안 들겠네 하는 계산이 나왔다.(물론 내 계산은 나중에 보면 대부분 틀린 걸로 판명난다.)

체코어로 된 사이트들 뒤져 주최 단체인 런체크(Run Cezch, https://www.runczech.com/) 회원가입하고, 카드로 계산까지 했다.

졸지에 체코마라톤 회원이 됐다.

회원 되고 결제하는 거 무척 간단했다. 공인인증서 없어도, 생년월일 안 넣어도, 기괴하게 생긴 인증기호 안 쳐도, 초등학교 선생님 이름이 뭔지 기억해내려고 애쓰지 않아도, 영어대소문자에 숫자에 특수기호까지 넣은 비밀번호 안 넣어도 된다. ICT(정보통신기술) 보안에 천문학적인 돈을 쓰고도 툭하면 "우간다보다도 못한" 금융사고가 터지는 한국의 면피용 과잉보안 시스템에 대해 이럴 때마다 울화가 치민다.

일단 항공권부터 끊고서 조심스럽게 식구들에게 프라하마라톤 이야기를 꺼내면서 "같이 가든지 뭐"라고 슬쩍 내던졌다. 물론 절대 못 갈 거란 계산이었다. 둘째는 하루가 천금 같은 고교 2학년생이고, 첫째는 친구들하고 돌아다니는 걸 좋아하는 데다 여름에 교환학생 나간다고 했으니 귀찮아서 안 나설 것이고. 다들 체코나 프라하에 대해 평소에 전혀 관심이 없었으니. "너나 가라 프라하"라는 반응을 예상했다. 하지만 돌아온 답은 "너만 가나 프라하"였다. 온가족이 줄줄이 따라 나섰다.

항공권이 없대도 "꼭 같이 갈 필요 있느냐"며 네 시간 더 걸리는 경유노선을 기어코 찾아냈다. 인원이 늘어나니 숙소는 '빈대' 대신 에어비앤비 독채를 빌려야 했다. 결국 나와 나머지 세 명은, 갈 때도 따로 가고 올 때도 나만 먼저 귀국하는 기이한 가족여행을 감행하게 됐다. 마일리지와 빈대로 해결하고자 했던 알뜰 마라톤 계산은 물거품이 됐다.

항공권과 숙박비를 아껴 대회 전 열리는 마라톤 엑스포에서 아낌없이 쇼핑하려던 계획도 날아갔다. 대규모 국제대회는 대개 하루 전날 온갖 전문 브랜드들이 참가하는 엑스포 장터를 연다. 신제품들이 대거 등장하고 가격 할인폭도 크다. 신발이나 용품 '신병기'를 하나 장만하기 위해 두리번거렸다. 하지만 아내와 아이들에게 고삐 잡힌 소처럼 끌려나오면서 대회 때 먹을 파워겔 네 개 사는 걸로 만족해야 했다.

날아간 건 비용만이 아니었다. 대회 전날 혼자 푹 쉬면서 컨디션 조절하고 가뿐하게 런런 해야겠다는 계획도 틀어졌다. 대회 이틀 전 늦게 도착했는데 가족과 함께 대회를 하루 앞두고 프라하 시내를 하루 종일 발이 퉁퉁 붓도록 도보관광을 했다.(걷는 게 달리는 것보다 힘들다.) 저녁에는 체코 특산 필스너 우르겔(체코 필젠 지방의 오리지널이라는 뜻) 맥주에 와인까지 반 병 넘게 마신 탓에 다음날 마라톤은 그 힘들다는 숙취주가 됐다.

5월의 투명한 프라하 하늘, 미세먼지 하나 없는 공기 속에 전날의 피로를 풀며 달렸다. 프라하 성 근처를 지날 때 한 젊은 여성 참가자가 "안녕하세요!"하고 인사를 건넨다. 지금은 나 혼자 남은 회사 마라톤 클럽 'I RUN' 유니폼 등판에 머니투데이라고 한글로 쓰여 있어서 반가웠나 보다. 현지 유학생이나 교민인 듯했다.

한국 사람을 본 건 그게 처음이자 마지막이었다. 끝난 뒤 공식 집계를 보니 한국 국적 참가자는 나를 포함해 전부 3명이었다. 당연히(?) 내가 한국인 1위였다. 중국은 297명, 대만 14명, 일본은 109명. 한국 마라톤의 장래가 불안해 보였다.

비행거리 열 시간의 체코는 의외로 우리와 가깝다. 대한항공이 2013년 체코항공 지분 44%를 인수(2017년에 재매각), 직항노선을 운항하기 시작했다. 공항에 체코어, 영어와 함께 한국어 안내가 씌어 있을 정도다. 이민을 거의 받지 않는 탓에 장기 체류 교민은 2000명 수준이지만 한 해 관광객은 30만 명을 넘어섰다. 그런데 프라하에서 마라톤 풀코스 뛰겠다는 사람이 30만 명 중에 한두 명뿐이라니.

마라톤 전문여행사를 표방한 여행춘추의 정동창 대표가 10여 년 전 프라하마라톤 답사왔다가 쓴 글이 있던데, 수요가 적어서 패키지 상품까지는 만들지 못한 모양이다. 〈프라하의 연인들〉이 방영됐던 2005년 즈음엔 주인공들이 입고 신었던 옷과 액세서리는 물론 마라톤화까지 한국에서 잘 팔렸다고 한다. 늦었지만 '프라하 연인들의 마라톤'이라는 상품 내놓고, '배틀 트립' 출연자들 한번 뛰게 하면 좋지 않을까?

남들 걱정하지 말고, 지금 내 상태나 잘 챙기자. 동포에게 "반갑습니다. 힘내세요!"하고는 힘차게 앞으로 치고 나가며 짐짓 허세를 부렸다. 연도에 늘어선 응원단의 함성과 고색창연한 건

물들의 위용에 취해 속도가 빨라진 탓에 하프를 넘어설 때까진 실제로 제법 폼도 났다.

1만 명 참가자 중 절반 가까이가 독일, 프랑스 등 체코 이외 지역에서 온 외국인들인데 기왕이면 국위선양을 위해 태극 마크라도 달고 올 걸 그랬나? 하지만 이때가 그런 낭만적인 생각을 할 수 있었던 거의 마지막 지점이었다.

그래도 오프라 라인은 지켰다

예감은 틀리지 않는다. 특히 불길한 예감은. 30킬로미터가 넘어가면 준비되지 않은 러너에게는 러너스 하이(High)가 아니라 러너스 헬(Hell)이 찾아온다. 킬로미터 당 페이스가 5분 30초 대에서 6분대 후반, 7분대로 떨어지더니 발길이 떨어지지 않아 멈추는 일이 잦아졌다. 태극기 안 달고 오길 잘했다. "Let's run, We are almost there!"라며 지나가는 사람들에게 '간바레(がんばれ)' '짜이요(加油)' 인사하며 국적을 숨겨야 할 몰골이 됐다.

그렇게 고난의 길 10킬로미터를 겨우겨우 버틴 뒤 블타바강을 오른편에 두고 구시가 광장으로 좌회전해 마른 수건 쥐어짜듯 남은 에너지를 박박 긁어 골인했다. 처음 완주한 듯 감격에 겨워 흐느끼는 사람도 보이고, 금속 목발을 짚고도 나보다 한참 앞서 골인한 진정한 '철인'도 자리에 앉아 쉬고 있었다.

4시간 29분 07초. 다섯 달 전 세운 개인 최고기록(3시간 25분) 보다 1시간 4분이 느려졌다. 초보 시절이나 특수지역 대회를 빼곤 개인 최저기록이다.

그래도 뭐 '오프라 라인'은 지켰다. '요요'의 아이콘 오프라 윈프리가 치열한 연습 끝에 1994년 해병대 풀코스 마라톤 대회를 완주한 기록 4시간 29분이 오프라 라인이다. '비만 오프라'가 하면 나도 할 수 있다며 마라톤에 도전한 사람들이 내심 목표로 설정하는 속도가 4시간 29분이다. 쉬워 보이지만 1킬로미터를 6분 25초, 시속 9.5킬로미터 이상으로 한 번도 안 쉬고 달려야 한다. 조 바이든 미국 대통령의 부인 질 바이든 여사는 1988년 47세 나이로 이 해병대 마라톤 대회에 참가해 4시간 30분 2초에 완주했다. 2초를 줄이려 이를 악물었지만 결국 서브 4.5'에 실패한 걸 안타까워했을 장면이 안 봐도 훤하다. 그래서 '오프라 라인'은 많은 사람들이 넘지 못하는 '오프라 월(Wall)'이기도 하다.

골인 직후 문자로 날아온 공식 기록은 골인점 계측시계와 똑같은 4시간 32분이다. 출발점과 골인점의 라인을 실제 밟은 시간을 재는 칩(chip) 타임이 아니고 그냥 건타임으로 통보한 것 같다. 덕분에 나는 공식적으로는 언론계 라이벌 오프라에게 지고 말았다. 무려 24년 전에 그가 세운 '벽'을 못 넘었다.

하지만 전혀 아쉬움이 없다. 프라하 시내를 울려 퍼지는 스메타나 교향곡을 감상했고, 주로의 울퉁불퉁한 바닥돌이 제공하는 지압 효과를 누렸으며, 프라하 성과 카를 다리, 블타바 강, 합스부르크 왕조의 스케일과 보헤미아의 기풍을 눈과 마음에 담았으면 그만이다. 두 시간을 뛴 우승자 갤런 럽보다 4시간 반을 뛴 내가 더 오래 즐긴 건 분명하다.

이날의 우승자 갤런 럽은 아이오와 출신의 오리지널 미국인으로 그 전해 시카고마라톤에서도 케냐의 아펠 키루이, 버나드 키페고와 끝까지 엎치락뒤치락 한 끝에 2시간 9분 20초에 들어와 28초 차이로 우승했다. 불과 20일 전인 4월 16일 보스턴마라톤에서 눈보라 역풍과 영하에 가까운 날씨 속에 고전하다 30킬로미터 지점에서 기권한 지 한 달도 채 안 돼 다시 풀코스에 도전해 이룬 기록이다. 우리 같은 거북이 주말러너들이야 한 달에 두세 번 마라톤 풀코스를 뛰어도 별 문제 없지만, 2시간 10분 이내 기록의 프로 러너가 3주 만에 풀코스 대회에 나가 우승한다는 건 경이적인 일이다.

2012년 런던올림픽 1만 미터 은메달리스트였던 그는 마라톤으로 전향, 2016년 리우올림픽에서 동메달을 딴 데 이어 시카고마라톤, 프라하마라톤에서도 금메달을 목에 걸었다. 말과 자동차에 익숙한 앵글로색슨 혈통인 럽이 수천 년간 맨발 장거리 사냥의 DNA가 각인된 마라톤 명품 종족 칼렌진을 위협하고 있는 것이다. 우리는 생물학적 한계를 의지와 노력으로 극복한 이봉주와 황영조를 언제 다시 보게 될까.

돌아와 보니 세상은, 그리고 회사는 이전과 똑같이 잘 굴러가고 있었다. 나 없어서 회사 삐걱거리면 존재감 쩐다고 좋아할 일이 아니다. 나 없어도 조직은 굴러간다, 나 없으면 더 잘 굴러가야 한다. 노는 게 소중해야 일도 귀중하게 대한다.

2

뉴욕마라톤, 센트럴파크의 단풍 물결

맨살을 다 드러내고 중앙선을 따라 마구 소리르면서 텅 빈 도로를 달려가는 통쾌함을 상상해본적이 있으신지. 그것도 세계 경제와 문화의 수도라는 뉴욕 시내 한복판에서. 매년 11월 첫째 주 일요일엔 이런 호사를 누리려 전세계에서 몰려든 러너들로 뉴욕이 들썩거린다. 절정을 넘겨 오히려 처연한 아름다움을 간직한 센트럴파크의 가을 단풍 아래로 또 다른 단풍이 물결쳐 흘러간다. 8만 개의 울긋불긋한 운동화, 한 걸음 내딛을 때마다 힘줄이 불끈 솟는 몸뚱이를 감싼 유니폼들이 만들어내는 천연색 물결이다.

뉴욕마라톤이 마흔 돌을 맞은 2009년 11월, 사상 최대인원인 4만 명의 참가자가 몰려들었다. 나 역시 그 모자이크의 한 조각이 됐다.

200만 년 전 인류가 터득한 장거리 달리기 능력은 '호모 에렉투스(직립인간)'를 본격적인 사냥꾼으로 진화시켰다. 먹고 살기 위해 뛰어다녔던 호모 에렉투스의 후예들이 가장 원초적인 본능에 자석처럼 끌리는 것은 자연스런 현상이다.

Hire Me! 나 좀 채용해주세요!

힘들고 지친 사람일수록 달리기에 깊숙이 빠져든다. 가슴 속에 숯 덩어리를 안은 사람은 그 연소에너지로 도로를 치고 나간다. 사상 초유의 금융위기가 세계를 휩쓸고 간 뒤끝에 열렸던 뉴욕마라톤에 사상 최대 인원이 참가한 게 우연처럼 보이지 않는 이유다.

4만 명이 새벽 6시까지 뉴욕 시 5개 보로(borough, 자치구) 가운데 하나인 스테튼 아일랜드의 출발지점까지 모여드는 데서부터 거대한 축제는 시작된다. 일찌감치 교통이 통제되기 때문에 참가자들은 거점 집결지에 모여 주최 측이 제공한 버스로 출발점까지 가야 한다.

11월 새벽의 추위를 비닐과 헌 옷가지 신문지 같은 걸로 견디며 좀비처럼 처져 있던 참가자들은 출발 총성과 함께 부활한다. 출발 직후 올라서게 되는 베라짜노 브릿지, 저 멀리 해협 건너

2009년 11월 뉴욕마라톤 풍경. 'Hire me(날 채용해주세요)'
'MBA, 15년 경력, 회계 전문, ○○○근무'라고 적은 티셔츠를 입고 뛰고 있는 참가자.
서브프라임 모기지 사태로 인한 실직 사태는 러너라고 피해갈 수 없었다.

맨해튼을 바라보며 다리에서 시원하게 오줌을 누는 전통이 있다고 들었다. 임시 화장실이 충분할 수 없고, 추운 초겨울 날씨에 생리현상을 참기 힘든 탓도 있을 것이다. 전통은 거의 사라진 듯했지만 엉덩이를 까고 돌아 앉아 볼 일을 보는 여성 러너도 있긴 있었다.

스테튼 아일랜드를 출발한 주자들은 브루클린, 브롱스, 퀸즈를 거쳐 맨해튼의 센트럴파크로 골인한다. 뉴욕의 5개 자치구를 하나도 빼지 않고 거친다.

조금만 길이 막혀도 클랙슨을 울려대고, 'F'로 시작되는 욕설을 예사로 내뱉는 뉴요커들이지만 1년에 하루, 이날만은 다르다. 유모차에 앉은 아이들부터 노인들까지 길가에 몰려나와 낯선 이들의 이름을 불러주고 물과 음료수, 사탕 같은 걸 건네며 응원한다. 지역 소방서, 경찰서, 학교 소속 밴드에 온갖 동네 밴드들까지 몰려나와 흥을 돋운다. 그 흥에 덩달아 마약처럼 취해 호기 있게 외쳐대던 러너들의 함성은 30킬로미터를 넘어서면서부터 잦아든다. 거친 숨소리와 심장박동이 옆사람에게까지 전해진다.

어느 대회건 티셔츠에 자신만의 구호를 적고 달리는 러너들이 많다. 그날, 앞서 가던 러너의 등판에 빼곡히 적힌 글귀가 유난히 눈에 또렷이 들어왔다. 'Hire me!(날 채용해주세요!) MBA, 15년 경력, 회계 전문, OOO근무……' 실업자라는 고백과 함께 등

뉴욕마라톤 주로에 나와
주자들에게 음료를 건네며 응원하고 있는 아이들.

에 이력서를 적어놓은 채 달리는 그의 걸음걸음은 마라톤이 아니라 절규였다.

어떤 이들은 그 오랜 시간 내내 무슨 생각을 하느냐고 묻는다. 잡념을 떠올릴 여유가 없다. 그냥 '언제 끝나나' 싶다. 육체를 구성하는 각 부속들이 제대로 작동하는지 촉각을 곤두세울 뿐이다. 몇 시간을 오롯이 동물적 본능에만 몰두할 수 있다는 것이야말로 마라톤이 육체와 정신에 주는 정화효과다.

오랜만의 풀코스 도전인지라 1마일 뛰고 1분 걷는 '워크브레이크(walk-break)' 주법을 처음으로 써 봤다. 아마추어 마라톤 붐의 선구자인 제프 갤러웨이가 주창한 워크 브레이크는 초반 힘이 넘칠 때 내달리고 싶은 욕심을 최대한 자제하고 아껴둔 힘을 막판에 쏟아 부어 좋은 결과를 낼수 있다는 주법이다. 따지고 보면 달리기뿐 아니라 모든 게 그렇지 않은가.

워크브레이크의 핵심은 지쳐서 할 수 없이 걷는 게 아니라 지치기 전에 미리 정한 일정한 주기로 걷고 뛰기를 반복하는 것이다. 2킬로미터 당 1분, 1킬로미터 당 30초 하는 식이다. '걷고-뛰기'라고는 하지만 걷는 시간이 1분을 넘어가면 속도를 다시 올리기 힘들어진다. 걸으면서 쉬는 만큼 달릴 때는 속도를 더 올려야 목표 시간을 맞출 수 있다.

포기하지만 않으면 결국은

워크브레이크로 달렸는데도 센트럴파크 골인지점을 앞두고 마지막에 쥐가 났다. 하필 결승점을 몇백 미터 안 남긴, 응원하는 사람들이 구름처럼 양옆에 모여 있는 곳이었다. 잠시 멈췄었지만 팬들 앞에서 주저 앉을 순 없었다. 이럴 땐 워크브레이크고 뭐고 필요없다. 그냥 '악으로, 깡으로' 패잔병 같은 다리를 부축해서 밀고 가는 수밖에.

막판 난조에도 불구하고, 워크브레이크 덕에 한 손에 카메라 들고 뉴욕의 풍경과 마라토너들의 모습을 담으며 뛰었는데도 4시간을 넘기지 않고 들어올 수 있었다

전신화상을 입은 불편한 몸으로 대회에 도전한 이지선(현 한동대학교 상담심리사회복지학부 교수) 씨에게 저녁 무렵 전화했다. 그는 장애어린이 치료 목적의 푸르매재단병원 설립 캠페인을 위해 뉴욕마라톤에 참가했다. 전신화상을 입은 뒤 10년 가까이 운동을 할 수 없었고, 피부로의 땀 배출조차 제대로 되지 않는 그가 풀코스 마라톤을 뛴다는 건 어쩌면 목숨을 거는 일일 수도 있었다. 7시간 22분만에 결승선을 통과했단다. 대회 관계자들이 한창 철수 준비를 하고 있었을 시간이다. "그만둘까 여러 번 생각했지만 포기하지 않으니 결국은 들어오게 되네요." 씩씩하고도 부드러운 목소리가 수화기 너머 들려왔다.

두 번 추첨에 떨어진 뒤 세 번째에야 겨우 참가하게 된 뉴욕마라톤.
뉴욕시의 5개 자치구를 하나도 빼지 않고 달리는 코스 내내 이어지는
시민들의 응원이 주자들의 발걸음을 가볍게 한다.

나같은 사지 멀쩡한 사람의 달리기와 그의 달리기는 결코 등가물이 될 수 없다. 그의 7시간 22분은 그날 결승선을 통과한 어느 마라토너보다 값진 것이었다.

마라톤이야 중간에 그만두고 설 수도 있지만, 삶은 어차피 계속되는 것. 포기하지 않으면 결국은 결승선에 도착한다. 이지선 씨뿐 아니라 지친 다리를 끌고 센트럴파크를 떠나는 모든 러너들의 생각이었을 것이다.

3

발은 개고생, 눈은 개호강······
지리, 한라, 설악

발은 개고생하고 눈은 개호강 하는 운동이 트레일러닝이다. 좋은 길을 보면 걷고 달리고 싶고, 달리다 보면 더 멀리 더 빠르게 뛰고 싶다. 산이 거기 있어 오른다는 산사람들처럼 러너들도 산을 보면 오르고 싶어진다. 등산과 다른 점은 몸을 좀 가볍게, 속도를 좀 높여 간다는 점이다.

달리기는 아마추어들에겐 특별한 운동신경 필요 없이 그냥 성실하게 '하면 되는' 정직한 운동이다. 반면 트레일러닝, 특히 '둘레길'이 아닌 높은 산을 오르는 산악마라톤은 타고난 균형 감각과 운동신경, 순발력이 필요하다. 그런 조건을 갖춘 사람과 그렇지 않은 사람의 차이가 확연히 드러나는 진짜 익스트림 스포츠다. 물론 난 '못 갖춘 자'에 속한다.

대회 등수를 다투는 준프로급 러너들이 아니라면 경치 구경하고 좋은 공기 마시며 달릴 수 있는 트레일러닝이 단조로운 로드러닝에 비해 재미도 있고 운동 효과도 크다. 한여름엔 뙤약볕 아래 달궈진 포장도로를 달리는 로드러닝보다 나무그늘과 산바람이 함께하는 트레일러닝이 갑이다.

지리산

트레일러닝의 성지는 단연 지리산이다. 무박 당일 종주는 어지간한 러너들의 버킷리스트에 빠지지 않는다. '지리산 종주'라고 하면 노고단에서 천왕봉 사이 주능선을 포함하는 등반을 말한다.

30여 년 전 11월 중순 방위병(단기사병) 시절의 마지막 휴가를 배낭, 텐트, 식량 짊어지고 홀로 도전했던 게 마지막 지리산 종주의 기억이었다. 화엄사 깔딱고개 초입에서부터 어깨를 짓누르는 배낭 무게에 잘못 왔다는 생각을 했지만 돌아갈 수는 없었다. 눈 덮인 능선에 혼자 텐트치고 추위와 두려움에 떨었었다. 돌아올 차비가 없어 마지막 남은 참치캔을 슈퍼마켓에서 사정사정 돈으로 바꿔 완행열차를 타고 돌아왔었다.

대학 1학년 선후배 넷이서 갔던 '여름학습 MT' 역시 왜 그리 궁핍했었는지, 2박 3일 산행 마지막 중산리 야영장 텐트 속에서 마신 막걸리 몇 병이 당시 우리가 누릴 수 있는 최고의 호사였다. 고무신 신은 촌로가 대나무 평상을 통째로 등에 짊어지고 우리를 제치고 가던 모습 앞에서 스스로의 빈약한 체력에 좌절했었다.

그런 양철 체력의 기억이 아직도 생생했기 때문에 나이 오십 넘어 무박 당일 종주에 나서는 데는 약간의 용기가 필요했다. 20년 가까이 달렸고, 가까운 산에서는 트레일러닝도 즐겼지만 상대는 지리산 아닌가.

유난히 무덥던 2017년 8월 어느 날, 밤 10시에 서울을 출발해 새벽 3시 성삼재에 내려주는 이른바 '안내 산악회' 버스를 덜컥 예약했다. 사람들이 가장 자주 쓰는 말 중에 "나중에, 다음에, 언제 한번"만큼 공허한 공수표가 없다. 더구나 꺾어진 백 살이 지나고 나면 "나중에"는 네버(never)와 동의어가 될 가능성이 크다.

술과 노래, 남녀 짝짓기가 난무하는 '묻지마 관광버스'가 사회적 물의를 일으킨 적이 있다. 안내 산악회 버스도 거의 생판 모르는 사람들이 한데 모여서 출발하는 '묻지마' 일정이지만 버스 안 풍경은 '묻지마 관광'과는 딴판이다. 새벽부터 산행을 시작해야 하는 터라 목적지에 도착할 때까지 줄곧 취침이다. 통성명같은 건 있을 수 없다. 지리산 초입 식당에서 간단히 밥을 먹고 다시 출발, 국립공원 입장이 허용되는 새벽 3시에 성삼재에 도착하면 장비 점검하고 곧바로 스타트다.

1박 2일 혹은 2박 3일 일정으로 종주에 나서는 등산객들은 군대로 치면 완전 군장 수준의 배낭을 꾸린다. 하지만 당일 종주 트레일러너들은 가벼운 단독 군장으로 길을 나선다. 조리가 필요없는 간단한 빵이나 에너지바 초콜릿 같은 식량, 만약의 사태에 대비한 보온비닐, 바람막이, 해드랜턴, 핸드폰, 보조배터리 정도가 러닝 베스트에 들어간다. 지리산은 산이 깊어 중간중간에 물이 비교적 풍부하기 때문에 하이드레이션 워터팩(배낭 등판에 호스로 연결하는 물통)이나 물병을 가득가득 채울 것까진 없다.

지리산을 올라가고 내려오는 길은 수없이 많지만 당일 종주를 시도하는 트레일러너들에겐 '성중'과 '화대' 두 코스가 일반적이다. 성중이란 성삼재에서 출발해 천왕봉을 거쳐 중산리로 내려오는 약 36km의 상대적으로 짧은 코스를 말한다. 화대는 화엄사에서부터 노고단으로 올라 천왕봉을 찍고 대원사로 내려오는 48km의 풀코스다.

성삼재에서 노고단 거쳐 능선에 오를 때까진 칠흑 같은 어둠이다. 하늘엔 쏟아질 듯한 별빛, 발 아래엔 멀리 구례읍의 불빛이 만들어내는 장관이 가슴을 터질 듯 뛰게 만든다. 삼도봉에 도달할 때쯤 돼야 동이 터오기 시작한다. 연하천, 형제봉 지나 벽소령에 다다르면 절반 정도 온 거다. 체력이 서서히 고갈돼 가는데 물 보급하러 약수터까지 70m를 내려갔다 올라오는 게 만만찮다. 다음에 오게 되면 그냥 패스다.

칠선봉 거쳐 세석평전. 30년 전 대학생 시절 찾았을 때만 해도 세석평전은 쓰레기와 배설물 천지였다. 그보다 30년 전은 빨치산의 피천지였을 것이다. 이제야 세석은 제 모습을 그런대로 찾아가고 있다. 취사가 금지되고 매점에서 술도 팔지 않는다. 공익근무요원인 듯한 청년이 파는 시원한 캔커피가 당과 수분을 보충해 준다. 잠시 숨을 고를 때 만난 여성이 "화대세요?"라고 묻는다. '화대'라…… 아주 감깐 동음이의어를 떠올리며 당혹스러워하다가 "성중입니다"라고 화답한다.

천왕봉에 이르는 마지막 고비 장터목 산장. "반달곰과 마주치지 않기 위해서는?"이라고 써놓은 안내판이 정답다. "혼자 다니지 마라……" 등등. 그런데 그런다고 나올 놈이 안 나올까. 피식 웃음이 나온다. 반달곰이 사람과 마주친들 해치기는커녕 없는 꼬리 흔들며 아양이라도 떨 것 같다. 벽소령과 세석산장에서 너무 오래 쉬고 옛 감상에 젖어 있다 보니 9시간이 넘어서야 1915미터 천왕봉에 도착했다.

천왕봉에서 끝없이 이어진 능선과 운해를 내려다보면 표지석에 적힌 "한국인의 기상 여기서 발원되다"라는 말에 누구나 공감하게 된다. 표지석은 원래 1982년에 육사 11기 출신의 하나회 창립멤버 권익현 당시 민정당 사무총장(지역구가 산청, 함양이었다) 주도로 세워졌다. 그는 노골적인 영남정권 실세답게 "경남인의 기상 여기서 발원되다"라고 새겼는데 천왕봉을 오르는 사람마

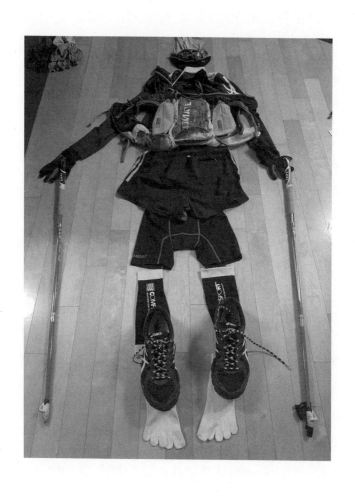

트레일러닝에 나서기 전날, 숙소 바닥에 늘어놓은 준비물들.
이렇게 해놓고 잠들어야 새벽 일찍 하나도 빠뜨리지 않고 금방 챙겨 나갈 수 있다.

다 눈살을 찌푸렸다. 마침내는 글자마저 훼손되자 5공화국이 끝난 뒤 "한국인의 기상"으로 바꾼 것으로 알려져 있다.

그 이전까지 있던 원래 천왕봉 표지석에는 "萬古天王峰(만고천왕봉) 天鳴猶不鳴(천명유불명)"이라는 글귀가 적혀 있었다. "만고의 천왕봉은 하늘이 울어도 울지 않는다"는 말인데, 천왕봉에 반해 지리산 자락에 거처를 잡았던 남명 조식(1501~1574)의 시구다. 조식의 표지석이 주는 웅장한 울림은 권익현의 문구에 비할 바가 아니다. 하늘이 울어도 흔들리지 않을······그런 삶을 누군들 꿈꾸지 않았으랴. 처음엔 말이다.

천왕봉에 도달했다고 해서 성중 종주가 끝난 게 아니다. 진짜 헬(hell)은 하산길이다. 천왕봉에서 중산리에 이르는 하산길은 말 그대로 '니 브레이커(knee braker)'다. 천왕봉에 이르는 최단 코스답게 경사가 가장 급한 구간이다. 바닥은 온통 날카로운 돌덩이다. 성중 종주 체력과 무릎 데미지의 50%는 여기서 발생한다.(화대 종주 역시 마지막 천왕봉~대원사 구간이 지옥이라고들 한다. 왜 아니겠는가, 천왕봉에서 단숨에 내리 꽂는 바위길인데.) 관광버스 대기장소까지 5km 정도 되는데 가도 가도 끝이 없다.

표지판이 나올 때마다 몇 번이고 GPS 시계를 확인해야 했다. 중산리까지 1km라고 이정표가 돼 있는데 GPS로 1킬로미터를 분명히 갔는데도 '중산리 500' 표지판이 나온다. 산도 그렇고, 자리도 그렇고, 삶도 그렇고, 뭐든지 내려오는 게 가장 위험하다. 잘 내려오는 사람이 최후의 승자다.

어쨌든 올라가면 내려오게 되는 게 산이다. 휴식시간 포함해 11시간 50분만에 GPS로 35.5km를 통과해 성중 종주를 마쳤다. 트레일러닝이라기보다는 '조금 빠른 등산'이라고 할 속도였지만 '산악회 버스 컷오프'는 여유 있게 남겼다. 새벽에 타고 온 버스가 대기하다가 시간 되면 칼같이 떠나는 게 '버스 컷 오프'다. 무박 종주 전용버스는 대개 컷오프가 15시간, 좀 빡쎈 산악회는 14시간을 준다. 오후 5~6시면 돌아오지 못한 사람이 있어도 칼같이 서울로 출발한다. 시간에 못 맞추면 알아서 돌아와야 한다.

버스 출발 시간을 기다리며 산장 휴게소에서 혼자 흡입하는 막걸리와 파전. 다시 트레일로 발을 잡아끄는 마약인 줄 알면서도 못 잊는다. 성중, 화대 종주에 이어 코로나 시대에 달리지 못해 병이 날 지경인 러너들을 위해 성삼재~천왕봉 왕복종주 대회까지 탄생했다. 달리기 불치병에 걸린 이들을 위한 대회다. 안 고쳐도 되는 불치병, 그게 달리기다.

한라산

지리산 트레일을 경험해 본 사람들이라면, 다음 발길이 한라산, 설악산으로 향하는 건 어쩌면 당연한 일이다. 잭 런던의 책

제목을 빌자면 "산의 부르심(The call of the Mountain)"은 거부할 수 없는 힘이다. 우리 땅 3대 명산에 신고는 해야 그래도 트레일러닝 맛을 알기 시작했다고 할 수 있지 않은가.

활화산으로 불뚝 솟아 있는 한라산은 오르내리는 길이 단순하다. 관음사~백록담~성판악으로 이어지는 종주거리가 18.5km로 길지 않다. 한라산만 올랐다 내려오는 걸로는 트레일러너들의 다리 근육을 만족시켜주지 못한다. 그래서 제주에서 열리는 트레일러닝 대회는 대개 한라산 백록담을 중심으로 주변의 오름들과 해변, 숲, 일반 도로를 끼고 달리는 코스에서 열린다.

지리산 종주 두 달 뒤 '트랜스 제주(Trans JeJu)' 트레일런 대회에 몸을 맡겼다. 제주국제대학을 출발, 삼의악, 관음사를 거쳐 백록담~성판악~제주국제대학으로 돌아오는 50km 코스. 코로나 팬데믹 시대에는 상상할 수 없는 일이지만 100km 코스를 포함, 31개국 800여 명이 참가했다. 국제트레일러닝협회(ITRA)에서 인정하는 ITRA 포인트*가 주어지는 대회로 그해 처음 열려 각국의 매니아들이 구름처럼 몰려들었다. 채 어둠이 가시지 않은 오전 6시 제주국제대학교를 출발, 산길로 접어들 때는 주자

* 국제트레일러닝협회ITRA가 인정하는 대회 완주자들에게 부여하는 점수. ITRA가 주최하는 UTMB(몽블랑 울트라 트레일 대회), UTMF(후지 울트라 트레일 대회) 같은 고난도 트레일러닝 대회에 참가하기 위해서는 일정한 ITRA포인트를 쌓아야 한다.

들이 일렬로 한참을 기다려야 할 정도의 교통체증이 생기기까지 했다. 관음사를 거쳐 백록담까지 내리막 없이 한 번에 올라채야 하지만 트레일런에 익숙한 주자들에게는 크게 힘들지 않은 코스다. 단풍이 물드는 한라산을 바라보며 올라가다 보면 금방이다. 트랜스 제주의 가장 큰 적은 '경치'다. 선두를 다투는 엘리트 주자들이 아니라면 삼각봉과 용진각 현수교에서는 발길을 멈추고 사진을 찍지 않을 재간이 없다. 외국 참가자들의 '뷰티풀' 소리가 여기저기서 들린다. 운좋게 구름 걷힌 백록담에서 인증샷을 찍은 뒤부터 성판악까지는 줄곧 내리 꽂는 하산길. 이어지는 사려니숲길은 일반인들에게 공개되지 않은 구간까지 더해져 피톤치트 세례를 원 없이 받을 수 있다. 절물휴양림과 한라생태숲, 성의악에 이르기까지 자동차로 관광 와서는 잠깐 산책하고 가는 게 보통이다. 걸어서는 하루에 볼 수 없는 길들, 수없이 제주도를 찾았어도 제대로 보지 못한 제주의 속살 구석구석을 10시간 남짓한 시간에 딛고 즐기고 맛볼 수 있는 것은 두 발로 달리는 러너만의 특권이다.

설악산

설악산 종주는 공룡과의 씨름이다. "공룡능선 마라톤," 느낌
이 확 오는, 도전 정신을 불러일으키고 가슴을 쫄깃하게 하는
대회가 있다는 걸 발견했다. 30년도 넘은 대학 2학년 시절. 후배
둘 데리고 텐트 하나 달랑 들고 황철봉, 마등령 거쳐 공룡 들어
가려다 포기했던 무모한 추억과 트라우마가 남아있는 곳.

혼자서 당일 종주하기엔 뒷골이 땡기던 차였다. 한 해 전 지리
산 성중 종주, 한라산 50k에 이어 설악산 종주까지 하려다 비 때
문에 포기했던 터인데, "지금 아니면 언제"라는 주문이 이번에
도 힘을 불어 넣어줬다.

이런 걸 할 미친 분들이 몇이나 될까 했더니 50명이나 신청했
단다. 금요일 저녁 11시 집결지인 신사역에 가보니 아니나 다를
까 정상으로 보이지 않는 분들이 옹기종기 모여 있었다. 서로들
대충 아는 것 같았다. "아, 거제 트레일 윤 선생?" "선배님 접니
다. 구례 아이언맨에서 뵀던 삼식이……"

버스는 국립공원 입장이 허락되는 새벽 3시에 맞춰 한계령에
러너들을 내려줬다. 마라톤 대회 참가자 외에도 관광버스를 대
절해 온 산꾼들이 그 시간에 줄지어 설악으로 들어간다. 설악
산과 지리산은 DNA가 다르다. 한계령-대청봉-설악동으로 이
어지는 종주거리가 24킬로미터 정도 되는데 컷오프 시간을 13

시간이나 주길래 넉넉하다 싶었다. 해보니 이해가 갔다. 설악의 주인공은 대청봉이 아니라 공룡능선이다. 그래서 대회 이름도 설악 종주가 아니라 공룡능선 마라톤이다.

공룡능선에 접어들 땐 두려웠다. 통과시간 5시간이라고 적혀 있었다. 대략 3시간 정도 걸린 것 같다. 두 발 아닌 사족보행 구간이 많아서 트레일러닝을 할 곳이 아니다. 공룡능선에서 뛰는 건 나와 남들을 위험하게 만들기도 하거니와 공룡에 대한 예의가 아닌 것 같기도 하다.

무거운 발길을 옮기고 있을 때 엄청 큰 배낭을 짊어진 여성이 뒤에 바짝 붙는다. 아무리 오르막이래도 복장이 가뿐한 트레일러너가 배낭 맨 클라이머에게 잡히는 경우는 별로 없는데 이분께는 양보하는 게 낫겠다 싶었다. 비켜나면서 보는데 백발이 성성한 여성이다. 뒤에 따라 가는 젊은 청년에게 "저분은 연세가 어떻게 된대요? 뭐 하는 분이래요?" 했더니 "일흔쯤 됐나? 백두대간 종주 중이예요"라고 한다. 선계에는 정말 사람 아닌 신선들이 산다.

트레일러닝의 지옥은 마지막 내리막이다. 비선대까지 내려오는 구간, 급경사 돌더미 길은 죽음이다. 지리산 중산리 길보다는 좀 덜 하지만, 어차피 바닥에 도달한 육체적 심리적 상태로는 그게 그거다. 발바닥, 무릎, 특히 장경인대, 거위발건의 통증이 고스란히 뇌까지 전달된다. 마지막까지 이런 길을 내리 꽂는 러너들의 뒷모습은 감탄을 자아낸다.

　내일모레 70을 바라보는 두 선배 러너들의 위로 겸 격려를 받아가며 꽁무니를 쫓아 내려왔다. 마지막 비선대~신흥사 도로에서는 관광객들 앞에서 바람처럼 (그래봤자 시속 8km 정도밖에 안 되겠지만) 달리는 객기까지 부리며 들어왔다. 러닝타임 10시간 6분.

　많이 쉬지도 않았고 나름 부지런히 발을 놀렸는데 완주자 40여 명 중 뒤에서 대여섯 번째로 들어온 것 같다. 주최 측 대표가 "딴 대회 같으면 잘 뛰신 건데……"하고 불쌍하게 쳐다본다. 애초에 순위를 따지는 대회도 아니고, 고수 흉내 낼 생각도 없지만 넘사벽을 다시 한번 확인했다.

　가장 먼저 들어온 러너의 기록은 4시간 20분. 50대 소방관이었다. 생사를 넘나들며 화마와 싸우기 위해 한순간도 체력단련을 놓지 않는 의지가 없이는 그 나이에 이런 속도를 낼 수가 없을 것이다. 2등은 길 잘못 들어 한참 헤매고도 5시간 남짓에 들어온 젊은이. 이들이 사람인가 싶었다.

　말이 마라톤이지 설악산은 나 같은 사람은 속도 한번 내볼 길이 없다. 다리만 아픈 게 아니라 공룡능선 밧줄 잡고 기어다니느라 어깨와 팔꿈치도 혹사당한다. 한마디로 발 한번 편히 놓을 자리 없는 산인데 평균 시속 5km 속도로 날아다닌 거다. 이 사람들은.

　나이대로 보면 내가 젊은 축이었다. 이 할배, 할매(여성 참가자

서너 명도 나보다 나이가 많았고 기록도 좋았다)들은 정말 산신령 같다. 심지어 67세 된 젊은 러너 한 분은 대회가 끝난 뒤 버스 타고 돌아가다가 다음날 가평마라톤 풀코스 뛴다고 가평에서 내렸다. 저 정도면 치료가 불가능한 분이다.

그러면 어떤가, 운무가 발 아래 깔린 대청봉 일출, 공룡능선 봉우리들을 하루종일 껴안고 놀았으니 신선 놀음했다. 교통비 포함해 참가비 8만 원으로 누릴 수 있는 이런 호사가 또 어디 있을까? 효용으로 따지면 80만 원, 아니 800만 원어치는 족히 거뒀다.

2017~2018년, 지리-한라-설악 3산 트레일, 트레일러닝의 꽃을 그렇게 감상했다.

4

누군들 철인을 꿈꾸지 않을까

자기 육신을 최대한 가동시켜 보고픈 욕구는 인간을 통상의 달리기에서 멈추게 하지 않는다. 장거리 울트라 마라톤, 트레일러닝을 거치면 철인 3종, 즉 트라이애슬런의 세계가 기다리고 있다.

물고기는 헤엄치고 사람은 달린다. 인간은 새처럼 날 수는 없지만 그래도 헤엄치고 달리는 것은 자기 몸으로 할 수 있다. 다리를 엔진 삼아 달리는 자전거까지 추가한 철인 3종은 인간의 운동 본능과 유희를 결합한 최고의 사치다.

몇 만 원의 참가비를 내고 호수나 강, 혹은 바다를 통째로 빌려 물장구치고, 도로 수십 킬로미터를 가로막고 자전거 굴리고 뜀박질하는 이 운동, 골프보다 더 호사스럽다. 사람들에게 미안해서라도 죽어라고 밟고 뛸 수밖에 없다.

모든 운동이 매 순간 즐거울 수는 없고 때로는 위험이 닥치기도 한다. 수영과 사이클이 포함된 철인 3종은 특히 그렇다. 하지만 러너가 감수해야 하는 위험 역시 즐거움을 위한 필수 소도구다. 물론 통제되고 절제된 위험에 그칠 때 이야기다.

트라이애슬런 대회에서 일반적으로 행해지는 올림픽코스 경기는 수영 1.5km, 사이클 40km, 달리기 10km다. 수영만 익숙해지면 누구든 즐길 수 있다. 아마추어들도 3~4시간이면 완주할 수 있어 마라톤 풀코스를 달리는 것보다 훨씬 수월하다.

수영 2.5km, 사이클 90km, 하프마라톤(21.097km)의 하프코스는 경험상 50~60km 달리기 정도의 난이도다. 킹코스라고 불리는 풀코스 철인 3종 경기는 수영 3.8km, 사이클 180km, 마라톤 풀코스를 단번에 끝내야 한다. 철인 3종 동호회 중에 '10 Under'라고 있다. 10시간 내에 킹코스를 마치는 걸 목표로 한다. 마라톤으로 치면 10언더는 서브3에 해당한다.

보통 아마추어들은 15~16시간 걸린다. 걸리는 시간으로 보면 100km 울트라 마라톤 정도에 해당한다. 장시간 도로통제와 적합한 장소를 찾기가 힘들어 킹코스 대회는 1년에 한두 차례밖에 열리지 않는다. 참가 신청을 받자마자 등록이 마감되는 경우가 많다. 나에게도 미완의 버킷리스트다.

나 홀로 한강에

　세계적인 뇌신경학자이자 작가였던 올리버 색스의 자서전 《온 더 무브On the move》에는 뉴욕 허드슨강에서 수영을 즐기던 시절을 회고하는 장면이 나온다. 그는 광대한 허드슨강이 바다와 만나는 곳에서 홀로 헤엄치며 저멀리 지나가는 선박들을 바라보곤 했다.

　햇살 가득한 여름날 아침, 잠실대교 수중보 아래 한강에 홀로 떠서 다리를 지나는 자동차를 올려다 봤을 때 올리버 색스가 느꼈을 자유와 해방감을 짐작할 수 있었다. 나는 "우리나라에서 제일 큰 수영장을 갖고 있다"고 말할 수 있다. 집 앞 한강이 그 수영장이다.

　잠실대교 아래는 수중보로 막혀 있어 유람선 같은 배가 그곳까지 올라오지 않는다. 그래서 수중보 남단 선착장 부근이 수영이나 철인 3종 동호인들의 오픈워터 수영 성지다. 한강변을 걷다 보면 물비린내가 심할 때도 있고 물도 탁해 보인다. 막상 들어가 보면 후각은 금방 익숙해지고 차가운 물이 상쾌하다.(그래도 조금만 더 수질이 개선됐으면 좋겠다.) 중간 넘어 북단 쪽으로 다가가면 수중보 퇴적 토사로 수위가 낮아진 곳이 있어 두 발로 딛고 서는 것도 가능하다.

　코로나 팬데믹 이전엔 한강 왕복 수영대회나 수영과 달리기,

2019년 6월 철원 'DMZ PEAMAN' 철인 3종 대회 하프코스에 참가,
토교 저수지에서 1.9km 수영을 마치고 나오고 있다.
참가비 몇 만 원에 호수나 강 혹은 바다를 통째로 전세내 물장구치고
도로를 가로막고 페달 밟고 뜀박질하는 철인 3종은 최고로 호사스런 운동이다.

혹은 수영과 자전거의 바이애슬론 경기가 열리곤 했다. 홀로 강물에 몸을 담그고 물살을 가르면 도시의 소음이 완전히 사라지고 뽀글뽀글 물방울 소리와 찰랑찰랑 물결 소리 속에 잠겨들 수 있다. 그 적막과 평온함은 경험해본 사람만이 얻을 수 있는 선물이다.

2000년 초 레거시 미디어(종이신문)에서 온라인 매체로 옮긴 뒤 정신적, 육체적으로 힘들어진 것과 비례해 운동 강도를 높였었다. 오전 5시 기상, 1시간 러닝, 1시간 수영 후 30분 걸어서 출근하는 게 오전 루틴이었다. 수영은 그때 입문했지만 10년 이상 손을 놓았기에 철인 3종 도전은 엄두를 못 냈다.

나이 50에 접어들면서 누구나 그렇듯 "나중에"는 없다는 생각이 잦아졌다. 덜컥 철인 3종 경기 참가신청을 했던 게 그 즈음이었다. 매년 10월 마지막으로 열리는 통영 대회에 일단 신청해 두고 수영장에 등록해 수영을 다시 시작했다. 한강 오픈워터 강습에 참가했다가 200미터도 못가서 죽음의 공포를 느끼고 돌아오기도 했다.

10월의 통영 바다는 차가웠다. 난생 처음 발이 닿지 않고 깊이를 가늠할 수 없는 시퍼런 바닷물에서 하는 수영은 수영이 아니라 생존을 위한 몸부림이었다. 게다가 출발점은 부두 안쪽이었는데도 잔물결의 저항이 생각보다 심했다. 숨 쉴 때 입으로 들어오는 바닷물의 염분은 호흡을 더욱 가쁘게 했다. 처음 오픈

워터 수영에 나서는 사람들이 다 겪는 '패닉' 그 자체였다. 이른 아침 수영 수트를 챙겨 입고 숙소 문을 나설 때의 패기는 바닷속으로 침몰했다. 그대로 벌렁 누워만 있어도 가라앉지 않는다는 걸 머릿속으론 알고 있는데, 팔은 허우적거리고 몸은 희한하게 물 속으로 빠져드는 것 같았다. 규정이고 뭐고, 철인 3종에서는 금지돼 있는 평영까지 동원해가며 안간힘을 써야 했다.

수영을 수백 미터 하고나서야 겨우 안정을 되찾았다. 부두 바깥쪽으로 나가면서 파도가 높아졌지만 그럭저럭 1.5km 수영을 마칠 수 있었다. 살아나왔다는 안도감에 이후 40km 사이클과 10km 달리기는 '부록'처럼 끝낼 수 있었다.

대회를 마치고 배를 타고 돌아본 한려수도와 한산섬은 조금 전 치른 '전쟁'을 기억하지 못하게 할 만큼 아름다웠다. 수백 년 전 전쟁을 치르며 수장된 힘없는 사람들의 원혼이 시퍼렇게 서려 있어 그 바다 빛이 더욱 짙은지 모를 일이다.

오픈 워터에 대한 공포감은 그 뒤로도 몇 차례 철인 3종 대회를 참가하고서야 극복할 수 있었다. 투명한 동해 바다 속을 내려다 보며 헤엄칠 수 있는 삼척 이사부장군배 대회가 그립다.

길을 사용할 자격

자전거 안장에 얹혀 있던 몸이 붕~ 하고 솟구쳤다. 시야에 들어오는 하늘과 땅이 위치를 바꾸는 게 보였다. 1~2초 정도 찰나의 순간이 정지화면처럼 느껴졌다. 이게 삶과 죽음의 경계구나 하는 생각이 뇌리를 스쳐갔다. 건물에서 떨어질 때 몇 초 사이에 살아온 인생이 주마등처럼 지나간다는 말도 있지만, 머리를 스쳐간 건 '가족부양'의 지엄함이었다. 내 어깨에 매달려 있는 '식솔'의 얼굴을 그렇게 떠올리며 360도 회전한 뒤 아스팔트에 머리부터 내동댕이쳐졌다.

빛고을 울트라 100km 대회를 앞두고 사전답사 겸 라이딩을 하고 있던 중이었다. 두 다리로 달리기 전에 두 바퀴로 미리 주로 파악을 위해 코스를 달려보면 달릴 때는 느끼기 힘든 상쾌한 라이딩의 재미를 얻을 수 있다. 지나는 자동차를 찾아볼 수 없는 한적한 산간 도로였다. 무등산 편백 자연휴양림의 향기를 맡으며 내리막길을 홀로 내려가고 있었다.

갑자기 뒤에서 귀청을 찢고 폐부까지 관통하는 듯한 날카로운 금속음 소리가 들렸다. 내리막길이라 접근하는 엔진소리도 듣지 못했는데 등 뒤까지 바짝 따라 붙은 덤프트럭이 힘껏 경적을 울린 것이다. 일반 승용차 경적과 달리 콤프레셔를 사용해 굉음을 내는 덤프트럭의 '에어혼(air horn)'은 운전을 하며 차 안

에서 들어도 깜짝 놀랄 정도의 무기다.[*]

길을 비켜달라는 경고를 할 게 목적이었으면 미리 경적을 짧게 울리면 될 터인데, 작정하고 일부러 조용히 따라 붙은 뒤 경적으로 공격한 듯했다. 영화에서나 보는 장면처럼 머리에 이어 몸과 팔다리가 도로에 부딪혔고 자전거도 나뒹굴었다. 그 순간에도 뒤에서 덤프트럭이 덮친다면, 혹은 뒤따르는 다른 차가 깔고 지나가면 끝이겠다 싶었다.

상처를 볼 새도 없이 도로 가장자리로 기어갔다. 나를 공격한 덤프트럭은 그런 사태를 예상했는지 옆으로 획~ 비껴 지나갔다. 다행히 뒤따르는 차가 없었다. 자전거도 길 가로 끌어냈다. 헬멧과 고글 사이가 찍혀 피가 흘렀다. 얼굴, 팔, 다리, 몸통을 차례대로 눈으로 스캔해보고 움직여 보니 가동에 지장이 없었다. 혼자서 나뒹군 자전거도 어디 부서지진 않았다. 다행히 민가가 있는 곳까지 줄곧 내리막이었던 터라 자력으로 산을 내려와 택시를 불러 타고 병원으로 갈 수 있었다. 왼쪽 어깨 인대 파열로 한동안 깁스를 하고 다녀야 했다.

자칫 생명을 잃을 수도 있던 그 순간을 떠올리면 인간의 야만적 폭력에 대해 생각하게 된다.

앞에서 얼쩡거리는 사이클이 신경을 건드렸을 건 이해가 간

---

[*] 화물차건 승용차건 경적 소음 허용기준은 120db(데시벨)이지만 대형 트럭들에 장착된 에어혼은 허용치를 넘어선 불법 경적인 경우가 대부분이다.

다. 그렇다고 그게 자칫 생명을 빼앗을 수도 있는 살기를 부를 정도였을까. 거대한 덤프트럭에 탄 운전자는 스스로가 거인이 된 듯한 느낌이 드는 걸까. 사람 사이에 기계나 물건이 있을 때, 다시 말해 서로 직접 얼굴을 맞대지 않을 때, 인간의 폭력성은 극대화하는 듯하다.

　덤프트럭이 아니라 자전거만 해도 그렇다. 도로에서는 자동차들의 위협 앞에 불안에 하는 라이더들도 보행자나 러너들에겐 공격수가 된다. 한강 둔치 산책길처럼 사람들이 많은 길에서도 속도를 늦추지 않고 무리지어 달리며 큰 소리로 고함을 치거나 욕을 하는 사람들이 없지 않다. 자전거 '전용도로'라고 표시돼 있지 않은 한, 강변 산책로 같은 길은 사람과 자전거가 함께 쓰는 길이다. 자전거도로와 보행로가 분리돼 있다 하더라도 사람이 자전거 도로에 들어가지 못한다는 뜻이 아니다. 보통 사람들, 특히 어린 아이들은 무심코 자전거용 도로를 걸을 수도 있고 가로지를 수도 있다. 러너들은 사람들이 많은 보행로를 피해 자전거용 도로를 달리는 게 편하다. 자동차 '전용도로'가 아닌 일반도로가 자전거와 자동차가 함께 사용하는 길이고, 고속으로 달리는 승용차가 저속 자전거를 피해야 하듯, 자전거가 사람을 피해 가는 게 맞다.

　평소엔 달리기에 비해 상대적으로 시간 당 운동량이 적은 자전거를 타는 시간이 많지 않지만 철인 3종 대회를 준비하는 시기에는 라이딩 거리를 늘리게 된다. 가급적 자전거 도로를 달리지만 장거리 라이딩에 나서면 자전거 도로만 주행하기 힘들다. 한강과 낙동강변 자전거도로를 따라 서울에서 부산까지 3박 4일간 600km 가까이 페달을 밟은 적이 있다. 4대강 사업이 물길을 막고 불필요한 보 구조물에 돈을 쏟아 부었지만 그 부산물인 한강, 낙동강 자전거 도로는 남았다. 안전하기로 따지면 세계적 경쟁력이 있는 자전거 길인데 한강과 낙동강 사이 단절 구간은 이화령을 넘어 일반도로를 달려야 한다. 차들이 많이 다니지 않는 길이기도 했지만 뒤따르는 차들은 대부분 인내심을 발휘했고 경적 테러를 하는 사람은 드물었다.

승용차 운전만 하다가 장거리를 자전거로 달려보면 라이더들이 느끼는 위협과 자전거 도로의 부족을 실감하게 된다. 자전거를 타는 사람들도 러너가 돼 길을 달려보면 '약자'인 러너의 입장을 알게 된다.

역으로도 마찬가지다. 달리기만 할 때는 모르던 게 자전거를 타다보면 러너들이 걸리적거리고, 자동차를 몰고 가다 자전거 무리를 보면 자기도 모르게 경적에 손이 올라갈 뻔하는 순간을 경험한다. 플레이어들만이 경기장을 사용하는 구기 경기와 달리 달리기, 사이클 같은 로드 스포츠는 길을 함께 나눠야 한다.

역지사지. 남의 입장에 서서 생각하고 공유하는 마음을 가질 수 없다면 길 위에 오를 자격이 없다.

5

맨발의 러너 '라라무리'
그들과 쿠퍼스 캐년을

$\text{\textsf{\char'}}$

매년 봄이 되면 미국과 인접한 멕시코 치와와 주의 험준한 협곡 쿠퍼스 캐년으로 전세계 러너들이 몰려든다. 카바요 블랑코 울트라런 대회에 참가하기 위해서다. 이 일대를 생활터전으로 삼고 있는 멕시코 원주민 타라후마라족은 케냐의 칼렌진족에 버금가는 신비한 '달리기 종족'이다. 타라후마라족은 스스로를 라라무리라고 부른다. 타라후마라 언어로 빨리 달리는 사람들, '호모 러너스'라는 의미다. 이들은 전세계 프로들이 모이는 울트라 마라톤 대회의 우승을 휩쓸곤 한다.

라라무리들의 신비한 러닝에 매료된 러너 카바요 블랑코(본명 미카 트루)는 타라후마라를 찾아가 이들과 러닝으로 교감하는 삶을 살았다. 2003년 처음으로 세계의 울트라 러닝 고수들을 초청, 쿠퍼스 캐년에서 50마일(약 80km) 트레일러닝 대회를 열었다.

러너이자 작가인 크리스토퍼 맥두걸은 '프로' 러너들과 멕시코 전통의상에 샌들을 신은 라라무리들이 밤낮을 쉬지 않고 쿠퍼스 캐년을 가로질러 대결을 펼치는 스토리를《본 투 런Born to Run》이라는 책으로 펴냈다. 마라톤 세계의 다큐 무협지라고 할 수 있는《본 투 런》이후 라라무리의 존재가 세상에 본격적으로 알려졌다. 많은 러너들의 내면에 숨어 있던 원시적 울트라러닝 본능을 일깨웠고, 쿠퍼스 캐년은 울트라 트레일 러너들의 '성지'가 됐다.

카바요 블랑코는 2012년 봄날, 여느 때처럼 뉴멕시코 주의 삼림 속을 달리다 심장마비로 세상을 떴다. 영웅이 전장에서 죽듯 달리다 죽는 건 러너에게 최고의 행운이다. 이후 치와와의 라라무리들은 매년 봄 쿠퍼스 캐년에서 열리는 대회를 '카바요 블랑코 울트라런'이라고 명명했다. 쿠퍼스 캐년에서는 카바요 대회 외에 매년 10월 '쿠퍼스 캐년 인듀어런스' 100마일 대회도 열리는데 대회 우승자와 선두권은 대개 라라무리들에게 돌아간다.

"맨발의 테드"로 알려진 저널리스트 출신의 러너 테드 맥도널드는 맨발이나 최소한의 보호 밑창만 달린 신발을 신고 달리는 것의 효용성을 가장 잘 보여주는 사례가 라라무리라고 주장했다. 그는 이렇게 말한다. "러너를 괴롭히는 수많은 부상은 신

발 때문에 생긴다. 신발은 발을 약하게 만들고 과도하게 내회전
시키며 무릎에 문제를 일으킨다. 나이키가 쿠션 러닝화를 발명
한 1972년 전까지 사람들은 얇은 신발을 신고 달렸으며 부상도
훨씬 적었다."

라라무리들이 신는 샌달은 스페인어로 화라체(huarache) 혹은
후라체라고 불리는 멕시코 전통 신발이다. 대개 끈 하나로 얇
은 바닥과 발을 감싸서 연결한다. 이걸 신고 달릴 수 있을까 싶
은데, 신어보면 생각보다 가볍고 편하다고 한다. 심지어 미국의
제로 슈즈(Xero Shoes) 사는 '타라후마라 러닝 샌달'이라는 제품
까지 만들어 팔고 있다.

경이로운 라라무리들

라라무리들이 달리는 모습을 볼 기회는 없었는데 넷플릭스
에서 2019년 〈로레나: 샌들의 마라토너〉라는 28분짜리 다큐멘
터리를 방영한 덕에 그 신비한 러너들을 눈으로 보게 됐다. 타
라후마라의 22세 여성 마리아 로레나 라미네스는 2017년 치와
와 주 과초치에서 열린 제21회 신포로사 협곡 울트라 마라톤
100km 대회에서 12시간 44분의 기록으로 우승했다. 당시 24세
이던 언니 마리아 후아나 라미네스는 준우승을 했다. 열일곱 살

의 동생 마리아 탈리나 라미네스는 64km 종목에서 3위를 차지했다. 다섯 살짜리 막내는 21km 부문을 완주했다. 아버지 산티아고 라미네스도, 그의 아버지와 할아버지도 모두 러너였다. 여덟 명의 아이를 키우는 산티아고는 상금을 타 아이들을 먹여 살리기 위해 달린다.

평범한 (약간은 작고 통통해 보이는) 체형의 로레나가 휘적휘적 험난한 산길을 달리는 모습은 '경이로움' 그 자체다. 킵초게가 신는 나이키 베이퍼 플라이 같은 러닝화 대신 집에서 보통 때 신고 다니는 낡디 낡은 샌들이 그의 대회용 신발이다. 샌들 재질은 폐타이어. 날렵한 러닝 팬츠와 스포츠브라가 아니라 헐렁한 티셔츠에 집에서 직접 만든 치렁치렁한 멕시칸 치마(그래도 경기 때는 제일 가벼운 치마를 입는다는 게 로레나의 말이다)를 휘날리며 달린다.

손에는 트레일러닝용 카본 스틱 대신 얇은 나무 막대기 하나를 들었다. 새벽 어둠 속을 출발할 때 러너들이 착용하는 헤드랜턴도 없이 맨 눈으로 어둠 속으로 뛰쳐나간다. 물병을 담을 수 있는 러닝 베스트(살로몬에서 후원한 듯했다)를 티셔츠 위에 걸치고 있는 게 유일한 울트라러닝 전문제품이었다.

온갖 최신상 장비로 무장한 건장한 남성 러너를 조그만 로레나가 가볍게 제치고 지나가는 모습은 전율마저 느끼게 한다. 그 대목에서 내가 갖고 있는 신발과 산뜻한 러닝 유니폼, 최신형 카본 스틱, 새로 장만한 헤드 랜턴이 머릿속을 스치고 지나갔다.

로레나 가족뿐만 아니라 대회에 참가한 다른 라라무리들 모두 이런 복장이었다. 험난하기로 유명한 이 대회에는 미국, 스페인, 러시아 같은 달리기 선진국에서 체계적인 훈련을 받은 프로 혹은 프로급 러너 1000여 명이 참가했지만 100km와 63km 남녀 종목 모두 라라무리가 1, 2위를 휩쓸었다. 이들이 전문적인 지도를 받고 훈련을 하는 것도 아니다. 매일 험난한 타라후마라 협곡의 좁은 산길을 걷고 달리며 염소를 키우고 농사를 짓기 때문에 따로 훈련할 필요가 없다는 게 이들의 말이다.

대회가 끝나고 깊은 산 속 집으로 돌아온 로레나가 살로몬의 최신형 러닝화를 열어보는 장면이 다큐에 나온다. 트레일 러너라면 누구나 탐낼 만한 살로몬의 빨간색 최고가 모델 S-LAB 트레일 러닝화였다. 아마도 우승 상품으로 받았거나 회사 측이 후원해 줬을 것이다. '속세' 러너라면 시쳇말로 '언박싱'을 하며 구석구석 만져보고 뺨에 갖다 대거나 당장 신어봤을 잘빠진 포르셰 같은 신발이다. 로레나는 한번 들어보고는 "이건 안 신을 것 같다"며 그대로 박스에 집어넣는다. "느낌이 이상해, 이런 거 신은 사람들은 늘 나보다 뒤처지더라고."

《본 투 런》덕에 라라무리의 존재가 세상에 알려지면서 이들은 스포츠용품 회사의 후원을 받아 세계 각지의 대회에 참가하기도 한다. 하지만 여전히 '매니아'들의 경기인 장거리 러닝은

올림픽이나 월드컵처럼 규격화된 세계대회를 열기 힘들고 시장도 작다. 내로라하는 선수들도 대개는 본업을 따로 갖고 있다. 라라무리들 역시 여전히 치와와에서 염소를 치고 농사를 지으며 소박하게 살고 있다. 이들의 능력과 명성을 활용해 돈을 버는 건 늘 다른 사람들이다. 심지어 멕시코 갱단은 푼돈을 주고 미국 국경지대 사막을 가로질러 마약을 밀수하는 조직원으로 라라무리들을 부려 먹기도 한다.

맨발 달리기의 전도사들

라라무리들만 맨발의 러너는 아니다. 그 유명한 에티오피아의 아베베 비킬라는 일찍이 1960년 로마올림픽과 1964년 도쿄올림픽에서 맨발로 뛰어 우승했다. 아디다스가 에티오피아 대표팀에게 러닝화를 후원했지만 아베베는 대표팀 합류가 늦어져 딱 맞는 신발이 없었다. 어려서부터 맨발로 달렸던 그로서는 잘 안 맞는 신발을 신고 뛰기 보다는 맨발이 낫겠다고 생각했고 결국 '맨발의 마라토너' 신화를 썼다. 아베베 역시 대대로 맨발로 사냥하고 고원지대를 뛰어다닌 오로모족의 DNA를 갖고 태어났다.

초장거리 맨발 달리기를 견딜 수 있을 만큼 인간의 발은 정교

한 구조물이다. 우리 몸 206개의 뼈 가운데 4분의 1인 56개가 발에 있을 정도로 복잡한 조직이 발이다. 특히 달릴 때 체중의 5배에 달하는 충격을 흡수하고 탄력을 가해주는 발 아치는 맨발로 달릴 때 가장 효과적으로 기능을 발휘하고 더욱 단련된다는 게 '맨발학파'의 지론이다.

맨발학파는 인간이 화살을 발명하기 전 지속사냥(persistent hunting)으로 동물을 잡았다는 걸 증거로 든다. 사슴이나 영양 같은 사냥감을 한 놈만 찍어서 지쳐 쓰러질 때까지 쫓아가는 방법이다. 지금도 케냐의 마사이족 중에는 이런 사냥법을 잊지 않고 있는 사람들이 있다. 비공식이긴 하지만 마라톤 풀코스 2시간 벽을 깬 킵초게를 비롯, 세계 마라톤 대회를 휩쓸고 다니는 케냐의 칼렌진 부족이나 오로모족 모두 아프리카 고원지대를 뛰어 다니며 지속사냥의 생존양식을 대대로 이어 내려온 것으로 추정하는 학자들이 많다.

따지고 보면 우리 민족도 역사적으로 900번 넘는 외침을 받으며 강화도로, 남한산성으로, 지리산으로, 제주도로 쫓겨 다녔다. 신고 다닌 거라야 기껏 짚세기였으니 우리에게도 맨발 러너의 DNA가 각인돼 있지 않을까. 과거 조선시대 전령 노비들은 다리 사이에 숯을 담은 그릇을 차고 하루에 수백 리를 달렸다. 멈추면 숯의 열기가 위로 올라와 불알을 지져대니 계속 뛸 수밖에 없었다. 소설《임거정》에 나오는 황천왕동이처럼 우리

전설 속에는 한걸음에 100리를 간다는 축지법 거사들이 많이 등장한다. 이들은 아마도 타라후마라나 칼렌진, 오로모 부족 러너들 같은 장거리 러너들이었을게다. 250리에 해당하는 100km 산악지대를 12시간도 안 돼 주파한다면 그게 바로 축지법 아니고 뭐겠는가.

국내에도 맨발 달리기 전도사들이 있다. 《나는 달린다, 맨발로》를 쓴 백우진 러너 같은 이가 대표적이다. 주로에서 마주치는 경우도 있다. 날이 아주 추운 경우에는 아쿠아슈즈를 신기도 하지만 대개는 맨발이다. 풀코스 대회에서도 만난 적이 있는데, 신발 신고 달리는 러너들은 한 수가 아니라 한 수 반 정도는 접고 들어가야 마땅할 듯하다.

발바닥 신발 신고 달려보니

그렇다고 내가 당장 흉내를 내 맨발로 뛰어 다니다간 발바닥이 벌집 되지 않을까 겁이 나지 않을 수 없다. 그래서 택한 게 전문 브랜드의 발바닥 신발이다.

2013년 봄 어느 날, '발가락 신발' 파이브 핑거스를 덜컥 산 건 《본 투 런》을 읽고난 뒤의 행오버, 특히 맨발이나 최소 두께의 신발을 신고 달리는 '미니멀리즘'에 대한 끌림 때문이었다.

파이브 핑거스 신발을 처음 신던 날, 한강 둔치에서 왕복 25km를 뛰어봤다. 양말을 신어야 할지 벗어야 할지 고민하다가 발가락 양말을 신었다. 맨발로 신으면 금방 발 냄새가 스며들 거 같아서.

발바닥 신발이 남들 보기에 모양은 좀 이상할지 모르지만 착용감은 신발을 신지 않은 듯 완벽하다. 양말처럼 발을 감싸니 발이 신발 안에서 과내회니 뭐니 할 이유가 없다. 발가락들이 서로 부딪히지 않으니 물집 걱정도 없고. 쿠션이 없으니 바닥의 딱딱함이 그대로 머리까지 전해진다.

보통 신발 신을 때와는 달리는 폼도 달라진다. 뒤꿈치부터 닿지 않고 발의 전면, 정확히는 옆날부터 닿는 느낌의 미드풋(mid-foot) 러닝이 자연스럽게 된다. 그러다 보니 터벅터벅 소리가 난다.

일부러 흙길로 뛰었다. 발밑에 깔리는 모래의 느낌이 좋다. 날카로운 자갈을 밟을 때는 움찔하게 되지만 그런대로 3밀리미터 두께의 밑창이 발 보호 역할은 충분히 해준다. 아주 험한 트레일런은 좀 힘들겠지만 시골길이나 가벼운 트레일은 아무 문제 없겠다. 언덕 오를 때 다섯 발가락이 각각 도로를 차고 올라가는 감이 느껴지는 것도 상큼하다.

25km 끝날 쯤엔 발바닥과 아치가 상당히 아파왔다. 내 발이 평발이라 더 그럴지도 모르겠다. 울트라 마라톤 하는 인간이 평발이라면 웃겠지만 난 평발로 방위(요즘으로 치면 상근 예비역)판

정 받아 병역을 마쳤다. 호랑이 담배 피던 시절 병역자원이 넘쳐나던 때 이야기다. 아무튼 평발이라 그런지 운동화 신고 뛸 때보다 발바닥이 훨씬 후끈거리고 지릿지릿하다. 발마사지 하나는 끝내주게 된다. 2시간 30분간 마사지 하는 비용으로 산 거라고 생각하면 신발값이 벌써 빠진 셈이다.

하프 조금 더 뛰는 데 큰 무리는 없었으니 풀코스도 이거 신고 도전할 수 있겠다는 생각이 들었지만 실천해보지는 못했다. 좀더 익숙해지고 발바닥 근력이 강화된 다음으로 미뤘는데 '다음'은 잘 오지 않는다. 발바닥 신발 신고 쿠퍼스 캐넌의 달빛 아래서 라라무리와 달려볼 날이 올까나. 버킷리스트 하나 추가!

6

Heart Breaking 보스턴마라톤

"아빠, 보스턴마라톤 같은 데는 가지마, 죽어 정말……. 다음 테러는 어디일 거라고 생각해? 맨해튼? 지하철? 수퍼보울 경기장? 아무것도 몰랐으니까 뉴저지에 3년이나 살았지, 무식 하면 용감하다니깐. 미국은 사람 살 곳이 아냐."

딸아이의 호들갑이 마냥 철없는 소리로만 들릴 수 없는 상황 이다. 2013년 4월 마라톤 역사상 최대 비극인 보스턴마라톤 폭 탄테러가 발생했다. 보스턴마라톤, 마라토너들의 '꿈'이 '악몽' 이 돼 버렸다.

2주 전 폭풍우 속에서 100킬로미터 울트라를 완주하고 돌아 와 몇 년 동안 아이들링 하던 마라톤 본능이 서서히 되살아나며 보스턴의 꿈을 키워볼까 하는 생각을 하고 있던 차였다. 보스턴 마라톤 테러가 터진 것은.

42.195킬로미터라는 먼 길을 달려오고도, 가슴이 터지도록 마지막 힘을 내 스퍼트를 하는 주자들, 자신의 완주를 기다리는 가족, 친구들의 얼굴을 확인하며 그들과의 포옹을 위해 젖먹던 힘까지 내 이를 악문다. 그리고 주자들을 기다리는 이들은 자랑스런 아빠, 아내, 아들, 친구에게, 어떤 일이라도 헤쳐 나갈 수 있는 사람임을 스스로 증명해 보인 그들에게 아낌없는 애정과 존경을 바칠 준비를 하는 곳이 결승선 부근이다. 그들에게서 순식간에 모든 것을 앗아갈 악마의 계획을 세운 잔혹한 인간들이 있다니. 이들이 어떤 명분을 내세운 들, 죄 없이 희생된 사람들에게 이들은 용서받지 못할 가해자일 뿐이다.

참가 자체가 명예의 전당인 대회

보스턴마라톤 참가자들은 대부분 3시간 30분 이내 주자들이지만 난이도 높은 코스 때문에 그리 좋은 기록은 나오지 않는다. 아마추어들은 일단 보스턴에 출전했다는 것 자체가 '명예의 전당'이라는 의미가 있기 때문에 경기 자체는 축제처럼 즐기는 사람이 많다. "Kiss me"라고 쓴 팻말을 들고 줄줄이 서 있는 웰즐리 여대생이나 손수 만든 음료수를 주자들에게 건네주는 꼬마들, 이들과 하이파이브를 하다보면 많은 러너들이 4시간 언저리에 골인하게 된다. 어느 대회를 가든 가장 많은 주자들이 일시에 가장 많이 골인하는 시간은 4시간대다. 기다리던 가족들이 골인지점으로 몰려들어 사진을 찍고 포옹하고 완주의 기쁨을 함께 나누기 때문에 가장 혼잡한 시간이기도 하다.

테러범은 정확히 그 시간, 그러니까 4시간대 골인 직후를 노렸다. 사악함과 잔혹함에 몸서리가 쳐진다. 물론 보스턴만은 아니다. 그 시각, 이라크, 아프간 또는 어딘가에서 많은 사람들이 목숨을 잃었을 것이다. 그들의 사연 역시 아빠의 골인을 기다리다 숨져간 여덟 살 난 소년만큼이나 애절했을 것이다. 사망자 수도 보스턴마라톤 테러에 비할 바 없이 많다. 그러나 성별, 국적, 나이, 종교에 상관없이 함께 어울려 달리는 '러너들의 성지'가 테러의 대상이 된 데 대해 마라토너로서 느끼는 참담함이 남다르다는 말이다.

보스턴마라톤 주로의 아이콘은 상심의 언덕(Heart Breaking Hill)이다. 1936년 디펜딩 챔피언 존 켈리가 엘리슨 브라운에게 역전을 허용했던 32킬로미터 지점 급경사 언덕이다. 이제 보스턴마라톤 자체가 사람들의 가슴을 갈기갈기 찢어놓은 '하트 브레이킹 보스턴'으로 불리게 될지도 모른다. 조 바이든 미국 대통령의 부인 질 바이든은 당시 부통령 부인으로서 보스턴마라톤 피니시라인의 추모 공간에 러닝화 한 켤레를 헌화(獻靴)했다. 훗날 "풀코스 마라톤을 완주한 첫 퍼스트레이디"가 된 그녀는 평소 자신이 신고 달리던 흙먼지 묻은 운동화에 "BOSTON STRONG!" 이라고 적었다.

길 가운데 돌부리 하나가 마라토너의 발걸음을 잡아 세우지 못하듯 러너들은 무고한 이들을 대상으로 하는 테러로 얻을 수 있는 것은 없다는 걸 보여줄 것이다. 그래서 내년에도, 내후년에도 보스턴에는 더 많은 러너들이 그날을 기억하며 구름처럼 몰려들 것이다. 딸아이는 "아빠 보스턴은 가지 말라"고 했지만 2013년 보스턴 테러는 내게 언젠간 보스턴 주로를 밟아야 할 이유 하나를 더 보태줬다.

보스턴마라톤에 참가할 수 있는 커트라인 기록을 넘어선 것은 그로부터 4년 뒤인 2017년 11월 5일 중앙마라톤에서였다. 뉴욕, 런던, 베를린, 도쿄마라톤과 더불어 세계 5대 마라톤 대회로 꼽히는 보스턴마라톤은 주요 대회 중 유일하게 기록에 따른 참가자격 제한이 있다.

아마추어 러너들로선 보스턴 대회 참가 여부가 '선수'를 가르는 기준처럼 여겨진다. 그 커트라인을 통과한 러너들이 느끼는 기분은 대학입시에 합격한 것에 비길 만하다. 해마다 조금씩 커트라인이 달라지지만 그해 기준으로 50~54세 러너는 공인 대회 3시간 30분 이내 기록이 있어야 했다. 기록 유효기간이 햇수로 '최근 2년'이고, 11월이면 이미 그 다음해 4월 대회 신청은 끝나 있기 때문에 11월 대회에서 커트라인을 통과하더라도 참가 기회는 다음다음해 4월 대회 한 번 밖에 남지 않는다.

8분을 줄여라, 커트라인 통과를 위해

아마추어 러너들은 대회에 참가할 때 "목표는 펀런"이라고들한다. 나도 보통은 그랬다. 하지만 그날만은 출발 때부터 목표가달랐다. 보스턴마라톤 컷오프 시간인 3시간 30분 통과를 목표로정했다. 그해 초 세운 기록 3시간 38분을 무려 8분 이상 당겨야했다. 한 해 마지막 대회니 그해에는 더 이상 기회도 없었다.

8분 까짓 거? 달려본 사람들은 안다. 8분을 단축하는 게 얼마나 힘든 건지. 시속 12킬로미터, 킬로미터 당 5분 페이스로 단한 번도 쉬지 않고 뛰어야 3시간 30분이다. "fun run," 이런 말은잊어주시고 중간에 뻗더라도 무조건 시속 12킬로미터 이상, 킬로미터 당 5분 이내로 달리는 게 '작전'이었다. 중간에 물 마시느라 속도 줄이는 것 등등 계산해서 킬로미터 당 4분 50초, 시속12.3킬로미터 이상을 마지노선으로 삼았다. 러닝화도 가장 가볍고 밑창이 얇은 레이싱화를 택했다. 재고 세일의 유혹을 견디지 못하고 샀지만 보통은 10km 정도 뛸 때만 신던 거였다. 이날은 비장한 옥쇄 각오로 샷건을 장착한 것이다.

집 근처 잠실경기장에서 출발해 성남 서울공항을 돌아 다시 잠실로 돌아오는 중앙마라톤은 거의 매년 참가하는 홈그라운드 대회라 코스 전반의 지형지물과 고저가 머릿속에 훤하다. 막바지 단풍이 주로를 물들이고 기온도 달리기에 가장 좋은 시즌인 11월 첫째 주에 열린다. 초봄에 열리는 동아마라톤도 도심을 통과하는 코스가 훌륭하지만 황사가 변수고 신록이 고개를 내밀기 전이라 중앙마라톤이 느낌은 더 상쾌하다.

아마추어 러너들의 경우 겨울 동안은 대개 운동량이 떨어졌다가 봄여름 신발끈을 다시 단단히 조이면서 하반기에 컨디션이 올라가는 게 보통이다. 아마추어 참가자들의 전체 기록 평균치는 없지만, 중앙마라톤이 동아마라톤보다 상대적으로 기록이 좋을 거라는 생각이 든다. 적어도 나는 그랬다.

서울공항을 좌측에 두고 탄천 IC 반환점까지의 컨디션을 보면 대개 그날의 골인점 모습이 그려진다. 서울공항을 지나 32km 부근의 2~3km 완만한 오르막에서 속도를 유지하고, 마지막 탄천교를 돌아설 때의 짧은 급경사를 잡아챌 수 있다면 빛이 보이는 거다.

그날이 그랬다. 급수대에서 소비하는 시간을 아끼기 위해 첫 5km 급수대는 그냥 지나쳤다. 10km, 20km, 30km 급수대에서 파워젤로 에너지를 보충할 때도 평소보다 걷는 시간을 줄였다. 설사 오버페이스로 중도 포기하는 한이 있어도 엑셀러레이터를 밟아보자는 생각이었다.

마지막 40km 급수대의 유혹도 뿌리쳤다. 골인점인 잠실주경기장 3분의 2바퀴는 세포 하나하나에 마지막 남아 있는 에너지까지 쥐어 짜내서 달리는 초인 구간이다. 그렇게 골인한 뒤 문자 메시지로 확인한 공식 기록은 3시간 25분 54초. 이전 기록을 13분이나 단축하며 나이 50넘어 보스턴 행 자격을 얻은 것이다. '글쓰기와 달리기' 부문 나의 라이벌인 무라카미 하루키의 최고 기록과 똑같은 3시간 25분이라는 게 더 짜릿했다.

체중 1킬로그램이 풀코스 기록 3분을 좌우한다는 게 통설이다. 1.5킬로그램 감량 덕에 4분 30초는 단축했다고 치자. 대회 일주일 전부터 술을 입에 안 댔으니 금주로 인한 3분 단축효과, 보스턴 커트라인을 넘어야 한다는 돌파의지 3분…… . 그래도 13분 줄인 게 설명이 안 되는 기록이긴 하다. 새로 장만한 신발 덕에 3분 더 단축됐다고 쳐도.

사람 마음이 간사한 게 54초만 더 당겼으면 하루키를 제치고 3시간 24분 내에 들어왔을 텐데 하는 아쉬움이 들었다.(그런데 실제로 기록을 더 당겼어야 했다는 게 몇 달 뒤 밝혀진다.) 게다가 심장이 터질 것 같고 저체온증으로 덜덜덜 떨려야 하는데, 그래야 최선을 다한 건데. 햇볕은 왜 그리도 따사하고 기분은 날아갈 것 같은지. 몸을 너무 아꼈나. 나만이 아는 우리집 가훈 "아끼다 똥 된다"를 좀더 진지하게 체화했어야 했다.

46초 차이로 놓친 보스턴 티켓

그로부터 몇 달 뒤, 2019년 대회 참가 신청을 하고 항공권 알 아보다가 집안 내전(內戰)을 치렀다. "어딜 말도 않고 혼자 가느 냐?" "내가 허락 받고 대회 나가야 하나?" 이렇게 시작한 다툼 이 커졌다. 결혼한 아마추어 러너라면 대부분 겪었을, 혹은 지 금도 겪고 있을 장면이다.

나중에 보니 쓸 데 없는 짓이었다. 얼마 뒤 보스턴마라톤 주최 측으로부터 "We are sorry……"로 시작하는 이메일을 받았다. 참 가 기준을 통과한 사람이 너무 많아서 그해에는 3시간 30분이 아니라 성적순으로 자르다보니 3시간 25분 08초 까지만 참가 자격을 준다는 것이었다. '46초' 차이로 보스턴을 못 가게 된 것 이다. 괜히 부부싸움만 대판 하고.

보스턴 대회 공식 지정 여행사 오픈케어 같은 곳을 통하면 기 록이 못 미쳐도 수십만 원대 기부금을 내고 보스턴을 뛸 수 있 다. 좋은 곳에 쓰이는 기부금이니 그것도 의미가 없지 않은 터 라 그렇게라도 뛰어볼까 하는 생각도 잠깐 했지만 곧바로 접 었다. 공식 커트라인 통과했으면 버킷리스트 달성한 걸로 치기 로 했다. 다음엔 3시간 25분 이내 들어와서 여유있게 가면 되지 뭐……하는 생각이었다.

하지만 세상에서 가장 불확실한 단어가 '다음'이다. 기록은 당겨지지 않았고, 코로나 팬데믹으로 인해 대회 자체가 한동안 열리지 못하게 됐다. 그때 46초 못 당긴 게 'heart breaking'이다. 아, 멀고 먼 보스턴.

준비 안 된 도전은 재앙,
달리기도 장비가 중요하다

장비 70, 기술 30. 준비 안 된 도전은 재앙이다.

20년 넘는 시행착오와 막대한 투자(?) 과정을 거쳐 찾아낸 무기들. 처음부터 누가 가르쳐줬으면 돈 좀 아꼈을 걸 하는 생각이 들 때가 많다. 대회 나가기 전날이면 늘 부산하다. 학창시절 소풍 가방 챙기던 것처럼. 꼭 대회가 아니더라도 좀 장거리라도 나갈라치면 이것저것 챙기는 데 시간이 쓰인다. 싱글렛이냐 민소매 셔츠냐, 팬츠 아래엔 타이즈를 신을까 말까. 허리색을 맬까 러닝 조끼를 맬까. 허리 색엔 파워젤을 두 개 넣을까 세 개 넣을까, 미니 초콜렛 한 개도?

대개는 방바닥에 쭉~ 늘어놓고 잔다. 머리가 나쁘면 이렇게 해야 뭐가 빠졌는지 한눈에 보인다.

신발 - 로드 러닝화

발의 볼이 넓고 납작한 동양인에게는 메이커가 중요한 게 아니고 와이드(wide) 형이 편한 경우가 많다. 사람마다 발 모양이 다르기 때문에 자기 발에 편한 신발이 가장 좋은 신발이다.

맨발 러너들이나 미니멀리즘 주창자들은 나이키가 푹신한 쿠션을 러닝화에 장착하면서부터 러너들의 부상 고난이 심해졌다고 주장한다. 인간의 발이 최고의 러닝기어이므로 맨발로 뛰거나 맨발에 가까운, 쿠션이 없는 신발을 신고 달리는 게 부상을 최소화하고 근육을 강화시키는 길이라는 주장이다.

실제로 단거리 기록 경기에서는 최대한 무게가 가벼운 신발이 유리하다. 무게가 가벼우려면 밑창, 미드솔 등이 모두 얇아야 했다. 2000년대 초반까지만 해도 마라톤 경기 우승자들이 신는 경기화(레이싱화)라고 표현하는 신발들은 밑창이 날렵했다.

그런데 기술이 발전하면서 미드솔과 아웃솔 재료의 무게가 아주 가벼워졌다. 무겁지 않으면서도 탄력을 더해줄 수 있는 쿠션이 부착되기 시작했다. 여기에 탄성을 더해주는 탄소플레이트가 첨가됐다.

비공식 기록이지만 마라톤 2시간 벽을 깬 킵초게가 애용하는 나이키의 베이퍼 넥스트 시리즈 신발을 보면 거의 키높이 신발이다. 뒷축은 두껍게 하고 앞축은 날렵하게 깎아내 전체적으로 앞쪽으로 기울여져 있다. 신기만 해도 저절로 몸이 앞으로 뛰어나갈 듯한 느낌이 든다. 두껍게 하면서도 무게를 줄이려다 보니 내구성과는 거리가 멀다. 가격이 등골 브레이커다. 어지간한 아마추어들은 평상시에 신어서 닳게 만들기엔 출혈이 클 수 밖에 없다. 평소엔 적당한 가격과 쿠션의 러닝화로 즐기고 맘 먹고 나가는 대회 출전용은 따로 아껴두는 게 현명한 일이다.

밑창이 닳다 못해 골동품처럼 돼 버린 신발을 신고 달리는 이들도 있다. 뒤에서 보기에 뒤축이 편마모가 심해 접지하는 발이 오(O)다리처럼 휘어지는 것 같아 보이는 사람도 봤다. 러너에게 가장 중요한 장비는 러닝화다. 신발에 돈을 아끼고는 러닝을 할 수 없다. 최고급 고가 메이커 러닝화에 돈을 지르라는 게 아니다. 뒷축이 닳은 운동화는 평상시에 신고, 달릴 때는 달릴 수 있는 신발, 용도에 맞는 러닝화를 사용하라는 말이다.

러너들이라면 신발장에 운동화가 적어도 서너 켤레는 있을 것이고, 그래야 한다. 내 신발장에도 그렇게 아내 눈치 보면서 사들인 신발들이 포진해 있다. 자동차 트렁크에도 언제든 뛸 수 있게 신발 한 켤레 넣고 다닌다.

유명 신발 메이커 매장에 있는 젊은 아르바이트 직원들에게 러닝화를 골라 달라고 하면 당연히(?) 가장 핫한 디자인에 고가의 최신형 러닝화를 추천하는 경우가 많다. 쿠션화, 안정화, 레이싱화*를 제대로 구분하지도 않는다. 처음 달리기 시작할 때는 러너스클럽 같은 러닝화 전문점을 찾아가 전문가에게 물어보고 자신의 실력과 발 모양, 체중 등에 맞는 제품을 추천 받는 게 좋다.

신발 - 트레일 러닝화

골프채 아이언 클럽은 1~10번까지 번호별로 있다. 웨지, 하이브리드, 우드, 드라이버에 퍼터까지, 공 하나 때리는 데 최대 13개의 채가 동원된다. 장거리냐 단거리냐, 잔디냐 모래냐, 스탠스가 어떤가에 따라 채가 달라진다. 그 정도는 아니어도 러닝화도 때와 장소에 맞아야 한다. 적어도 로드 러닝화와 트레일 러닝화는 구분해서 갖추는 게 좋다.

* 쿠션화: 달리기 충격을 잘 흡수하도록 쿠션을 두텁게 만든 신발. 초보자나 과체중 러너에게 적합하다.
안정화: 신발의 아웃솔(밑창) 중앙 부분을 단단하게 보강해 쿠션의 압축이나 뒤틀림이 적도록 만든 신발. 달릴 때 발목 회전이 심하거나 평발인 러너에게 알맞다.
레이싱화: 말 그대로 대회에서 기록을 극대화하기 위해 최대한 가볍고 접지력이 높게 만든 신발. 과거에는 최대한 밑창을 얇게 만드는 미니멀리즘(min-imulism)이 대세였으나 최근에는 밑창이 두터우면서도 가벼운 맥시멀리즘(maximulism) 레이싱화가 많다..

로드 바이크로 산길을 오를 수 없고 MTB로 속도를 낼 수 없듯 트레일러닝을 하면서 일반 로드 러닝화를 신어선 안된다. 폭신푹신한 마사토가 깔린 평지 비포장 도로거나 1~2km 가볍게 몸 푸는 거라면 상관없지만 대부분의 트레일런 코스는 날카로운 돌과 바위, 미끄러운 흙을 밟고 가야 한다. 로드 러닝화가 승용차라면 트레일 러닝화는 사륜구동이지만 스터드가 높아 도로에선 비추다.

일반 로드화를 신은 러너의 발은 너덜너덜해질 것이고 러닝화도 망가진다. 바닥창이 두텁고 접지력이 강하며 흙길에서도 미끄러지지 않도록 스터드가 높은 트레일 러닝화가 필수다. 발부리가 채여도 충격이 덜 하도록 발 앞부분이 내마모성이 강한 소재로 덧대어져 있어야 한다.

살로먼이나 노스페이스처럼 등산화 브랜드에서 시작한 트레일 러닝화들은 내구성이 강하고 겉보기부터 등산화에 가깝다. 나이키, 아식스, 뉴발란스 같은 러닝화 브랜드에서 만드는 트레일 러닝화는 좀더 날렵하고 소재도 부드러운 게 많다.

일반 로드 러닝화는 굳이 방수 기능까지 필요하진 않다. 비오는 날 달리다 보면 어차피 다리를 타고 흘러내리는 빗물과 길바닥에서 스며든 물로 신발은 젖을 수 밖에 없다. 물 웅덩이를 피해 뛰는 것도 한두 번이고 어차피 젖을 것, 그냥 첨벙첨벙 뛰는 게 맘도 편하고 달리기에도 좋다. 트레일 러닝화는 여유가 된다면 고어텍스 소재로 만들어져 방수 기능 있는 것 하나쯤은 필요하다.

산길을 달리다 보면 이슬과 길의 습기로 인해 비가 오지 않는 날에도 신이 축축해질 수 있다. 구멍 숭숭 뚫려서 통기성 좋은 러닝화는 별로다. 평지 로드런이라도 눈 쌓인 날 설중주에는 미끄럽지 않고 눈이 스며들지 않는 방수 트레일화가 좋다. 뽀드득 뽀드득 눈길을 달리는 기분은 사륜구동 자동차로 눈길을 움켜쥐듯 달리는 기분이다.

양말

신발 안에 신는 양말도 매우 중요한 장비다. 취향에 따라 혹은 신발 크기에 따라 두터운 양말과 가벼운 양말의 선호가 있을 수 있다. 상식적으로 트레일러닝 같은 험지나 장거리 달리기에서는 두터운 양말, 일반 로드런에서는 상대적으로 얇은 러닝 양말이면 된다.

나는 20km 이상 달릴 때는 거의 대부분 발가락 양말을 신는다. 다른 분들이 왜 발가락 양말을 안 신는지 모르겠다. 불편해서? 촌스러워보여서?

노무현 대통령 재임 시 발가락 양말을 신은 사진이 언론에 보도돼 화제가 된 적이 있다. 그렇다. 발가락 양말은 프레지덴셜 아이템이다. 초초보 시절 풀코스 달릴 때마다 물집 때문에 고생했는데 발가락 양말 신고 나서 거의 해결됐다.

미국 인진지 제품이 발가락 양말의 대세였는데 상당히 비싸다. 지금은 국산 제품도 나와 있다. 발가락 다섯 개를 다 제 자리에 집어 넣어야 하는 발가락 양말은 신고 벗기가 일반 양말보다 다섯 배까지는 아니어도 상당히 번거롭다. 이런 불편과 촌스러움을 개선하기 위해 발가락 부분을 연결해 놓은 오리발 모양 제품도 있다. '베룽코'가 대표적인데 일반 발가락 양말보다 두께감이 있어서 나는 주로 장거리나 트레일러닝 때 신는다.

러닝 베스트

처음 달리기 시작할 때 물병 꽂이가 있는 힙색을 자주 이용했다. 하지만 힙색에 달고 달리는 물병은 흔들림이 심하다. 흔들림 적게 디자인된 제품은 용량이 적다. 아주 짧은 조깅엔 차라리 핸드핸드(hand held) 그립으로 500ml짜리 생수통을 손에 잡고 뛴다. 아주 더운 날이라도 5km정도 뛰는 데 굳이 물병을 들고 뛸 일은 없다. 날이 좋으면 10km 정도는 물 안 마시고 뛰어도 상관없다. 그 이상 뛸 요량이면 러닝 베스트가 제격이다.

사막 마라톤 같은 대회가 아니면 장거리라도 '배낭'을 매고 뛸 일은 별로 없다. 울트라러닝이건 트레일러닝이건 '베스트'면 된다. 양쪽 가슴에 500ml 물통 두 개를 넣을 수 있다. 힙색에 차는 것보다 가슴에 다는 게 흔들림이 훨씬 적다. 하이드로 백을 등에 넣어 호스를 통해 물을 마실 수 있다. 멈춰 서서 병 뚜껑을 열고 물을 마시지 않는 것만 해도 훨씬 자유로운 러닝을 도와준다.

혼자 뛰러 나갈 땐 바람막이 점퍼나, 파워젤, 휴대폰, 차 열쇠, 비상용 신용카드를, 트레일러닝이라면 스틱이나 비상용 비닐 같은 것도 갖고 달려야 한다. 하산이 늦어질지 모르는 장거리 산행에는 헤드랜턴도 필수다. 랜턴 없이 갔다가 막판에 당황하고 고생한 적이 적지 않다. 러닝복이나 힙색에는 이런 것들을 넣을 수 없다. 그래서 러닝 베스트는 많은 수납공간이 걸리적거리지 않게 잘 배치된 게 좋다.

달리기를 시작하던 20년 전쯤엔 국내에서 판매되는 러닝 베스트가 없었다. 이제는 주말 장거리엔 늘 이 조끼를 걸치고 나간다. 해 떨어지면 금방 체감 온도가 떨어진다. 겨울철 장거리 달리기는 겨울 등산만큼이나 위험할 수 있다. 저체온증으로 사시나무 떨듯 덜덜거리지 않으려면 체온 유지가 엄청 중요하다. 그래서 배낭에 바람막이 같은 거 하나 넣고 뛰는 게 좋다.

스틱

트레일러닝 하는 데 스틱이 빠질 수 없다. 트레일 고수들은 어지간한 장거리나 급경사가 아니면 굳이 스틱을 쓰지 않는다. 스틱을 짚다 보면 속도가 느려지고 다리와 손 움직이는 데 걸리적거리기 때문이다. 그래도 나같은 아마추어는 힘을 절약해주고 충격도 줄여주는 스틱을 쓰는 게 도움이 된다. 사이클로 치자면 클릿슈즈 신을 때와 운동화로 탈 때의 차이다.

트레일러닝 스틱은 가벼운 카본 소재가 좋다. 무게를 조금이라도 줄이는 건 트레일의 절대 조건이다. 스틱 끝에 붙은 팁(tip)은 강하고 날카로와야 바위를 짚어도 미끄러지지 않고 체중을 버틴다. 호젓한 시골길에서 개념 없는 주인이 풀어놓은 맹견이 달려들 때 가볍게 찔러주기에도 날카로운 팁이 좋다.

일반 등산용은 3단 접이식을 많이 쓰는데 트레일 러닝용으로는 원터치식으로 접히는 4단 접이식이 필수다. 접었을 때 길이가 짧아 울트라 러닝용 베스트 어깨끈 같은 곳에 매달기 편하고, 배낭 속에 넣어도 쏙 들어간다.

스틱이 있으면 올라갈 때 다리 근육의 에너지를 30퍼센트 절약해준다. 반면 삼두박근 근육의 부하가 엄청 걸리니 팔 운동도 평상시 게을리 하면 안된다. 익숙하지 않은 사람은 엄지와 검지 손가락 사이도 매우 아프다.

선글래스

선글래스는 폼(도 폼이지만) 때문에 끼는 것이 아니다. 달리기처럼 장시간 햇볕에 노출되는 운동을 하는 사람들에게 자외선으로부터 눈을 보호하는 선글래스는 필수품이다. 날벌레를 막아주기도 하고, 강한 바람이나 흙먼지 같은 불순물로부터 눈을 보호해준다. 달리다 넘어지거나 자전거 낙차 사고 때 눈두덩이 충격을 막아주는 역할도 해야 하기 때문에 선글래스는 최대한 가벼우면서도 튼튼해야 한다.

시력이 나쁜 사람들은 자기 안경도수와 딱 맞는 선글래스를 맞추는 게 쉽지 않다. 선글래스 몸체 위나 안쪽에 도수클립을 끼워 쓰는 게 편리하긴 한데 일반 안경보다 곡률이 크기 때문에 전문 안경점에 가서 검사하고 맞춰야 해 비용과 시간이 많이 든다.

러닝 팬츠, 레깅스

당연한 말이지만 가급적 짧은 게 달리기에 편하다. 나 같은 아재가 언제 허벅지까지 드러내고 시원하게 길거리 달려보겠나. 달리기할 때나 그런 자유를 누릴 수 있다. 길이가 좀 길면 허벅지가 쓸려서 뛰기 힘들 수도 있다. 여전히 남들 시선이 의식된다면 투인원(two in one), 즉 러닝 팬츠 밑에 래깅스가 달린 옷도 대안이다. 초봄이나 초겨울 쌀쌀한 날씨에 러닝 할 때나 남들 시선 의식되는 여름에 트레일러닝 할 때도 유용하다.

여성들에겐 일상복이 된 래깅스는 겨울철 달리기에 제격이다. 춥다고 두텁고 나풀거리는 트레이닝복 입고 달리면 달릴 때마다 걸리적거리고 금방 땀에 젖어 축축해진다. 겨울엔 과감히 겨울용 두터운 래깅스를 입고 나가도 이젠 남의 눈 의식하지 않게 됐다. 상의에 폴라텍 재질의 셔츠나 바람막이를 입으면 엉덩이까지 내려오기 때문에 그다지 민망하지 않다.

카프가드, 게이터

종아리에 신는 팔토시 같은 카프가드(calf guard)는 햇볕에 그을릴까봐 하는 게 아니다. 근육경련 방지 및 피부 보호용이다. 이게 뭔 효과가 있을까 싶었지만 써보니 효과 있다는 게 내 결론이다. 서서 일하는 사람들도 신으면 좋다. 압박감이 센 것이 좋지만 너무 조이면 혈액순환에 장애가 올 수도 있다. 그저 긴 양말쪼가리 같이 생겼는데 값은 만만찮다. 요즘은 카프가드에 스포츠 테이핑 기능까지 합쳐진 제품들도 있다. 트레일러닝 때는 긴 목양말처럼 수풀이나 나뭇가지, 바위, 돌먼지 등으로부터

무조건 비싼 장비를 갖출 필요는 없다.
하지만 적절한 준비 없는 도전은 재앙으로 이어진다.
서울~부산 자전거 종주를 위한 준비물들.
3박 4일 일정이지만 무게를 줄이기 위해 최소화했다.

종아리를 보호하는 기능도 한다.

신발 위에 발목을 감싸는 게이터(gator, 스패츠)도 트레일러닝에서 유용한 소도구다. 짧은 거리라고 게이터 없이 갔다가 (특히 길을 잃어 덤불 속을 헤맬 때) 신발 속으로 쏟아져 들어오는 흙, 돌, 나뭇잎에 불편했던 적이 한두 번이 아니다. 게이터는 어느 정도 발목 보호 기능까지 한다.

흔히 팬티 하나 운동화 하나 걸치면 되는 운동이라고 생각하지만 그래도 소소하게 필요한 것들이 많다. 집 앞 조깅이야 상관없지만 장거리 러닝은 다르다. 출발이 무계획이면 과정이 개고생이고 결과는 조난 내지 부상이다.

GPS 시계

시간을 초탈해 달리다가 옆 사람한테 "지금 몇 시나 됐나요?" 하고 물어보는 사람도 있다. 난 그러질 못한다. 물론 봄날 제주 중산간 목장지대를 달리거나, 몽골 초원을 달리는 호사를 누릴 때 시계를 보진 않는다.

하지만 참가비를 내고 차비까지 들여 출전한 마라톤 대회에선 다르다. 경쟁자는 다른 참가자가 아니라 나 자신이긴 하지만 어쨌든 '시합'이다. km당 소요 시간이 목표와 10초 이상 차이나면 페이스를 제대로 유지하지 못하고 있다는 말이다. 끊임없이 시계를 바라보며 페이스를 계산하고 속도를 조절하게 만드는 조수이자 채찍이 GPS 시계다.

나의 첫 GPS 시계는 패셔너블한 나이키 제품이었다. 모양은 멋졌지만 기록 측정을 위해 GPS를 켜놓은 상태에서 배터리 수명이 최대 9시간밖에 가지 않았다. 100km를 9시간 내에 달릴 실력이 안 되는 나로서는 100km 울트라 대회에서는 무용지물이었다.(나이키는 결국 자체 GPS 워치 사업을 포기했다.)

폴라(Polar) 워치는 가슴 스트랩 센서형 심장박동 측정기능이 가장 뛰어난 것으로 정평이 나 있다. 약간 투박한 느낌이지만 그만큼 튼튼하다. 배터리 수명을 늘리기 위해 흑백 액정을 사용한 제품을 써 봤지만 이 역시 2년 넘게 쓰고 나니 10시간 이상을 가지 못했다.

달리기, 등산, 사이클 등 오랜 시간이 소요되는 운동의 필수품인 GPS 시계는 배터리 지속 시간이 가장 중요한 선택기준이다. 요즘 스포츠 워치 시장의 대세인 가민과 순토가 태양에너지를 이용해 사용시간을 늘린 '솔라' 제품을 경쟁적으로 내놓고 있는 것도 이 때문이다. GPS 워치는 앱을 통해 운동 기록과 효율을 분석하는 것은 물론 손목의 센서를 통해 심장박동, 호흡 등 신체기능까지 분석해 주기 때문에 달리기를 지속할 재미와 동기부여에 없어서는 안 될 필수품이다. 값이 만만치 않지만 겟돈

부어서라도 좋은 제품을 장만하는 게 좋다.

　돈은 사랑이다. 돈 쓰는 게 아깝다면 사랑하는 게 아니다. 능력에 맞는 만큼은 돈을 들여야 아끼고 오래 쓰게 된다.

Part 4

달리기로 본 세상

달리면 걷는 것보다 더 멀리 가고

많이 보고 느낄 수 있다.

세상 속살 구석구석을 딛고 즐기고 맛볼 수 있는 것은

두 발로 달리는 러너만의 특권이다.

우리 아이들 나이인 20대부터 달렸더라면

세상이 조금은 달리 보이고

삶도 더 풍요로웠을 것 같다.

1

달리는 의사 이동윤의 굿 에이징

내 발목을 만져 보고 대번에 피로골절 진단을 내린 '달리는 의사' 이동윤 원장. 그는 가슴판에 "나는 매일 달린다"라고 적힌 셔츠를 주위 러너들에게 나눠주고 있다. '대한민국 매일 달리기 운동'의 주창자다. 그가 건네는 셔츠는 매일 달리기에 도전하는 사람들의 등을 힘차게 밀어주는 부스터 샷이다.

셔츠 등판에는 이렇게 쓰여 있다. "달리지 않는 날은 하루도 없다." 하루라도 달리지 않으면 발바닥에 가시가 돋친다, 달리지 않은 날은 하루의 의미도 없다는 말이다.

얼핏 보면 원초적인 글자 폰트지만 볼수록 강한 힘이 느껴지는 중독성 디자인이다. 전문 디자이너에게 의뢰하고 이 원장의 최측근 동료이자 지지자인 간호사 2명의 평가를 거쳐 낙점했다고 한다. 윤영숙 간호사는 "셔츠는 우리 병원 유니폼"이라고 말한다. 실제로 이동윤 외과의원을 방문한 날, 그는 이 셔츠를 입고 환자를 맞고 있었다. 어디가 탈이 난 뒤에 고치는 외과병원이 아니라 건강한 신체를 가꾸게 함으로써 병이 나지 않게 만드는 진짜 병원의 유니폼으론 제격이다. 이 병원의 또 다른 간호사 이선희 씨는 2000년대 초 마라톤 잡지 〈러너스코리아〉에 표지모델로 실렸던 아마추어 러너다.

건강 수명을 늘려주는 운동

자신의 건강뿐 아니라 주위사람과 우리 사회의 건강에 기여하는 게 의사로서의 책무이자 보람이라는 게 2021년에 고희(古稀)를 맞은 이 원장의 생각이다. "운동을 하면 건강 수명을 늘릴 수 있어요. 운동으로 몸이 건강해지면 의식도 자유로워져지죠. 건강 수명이 늘고 의식이 자유로워지면 그만큼 더 행복한 삶을 살 수 있습니다. 사람들이 행복한 삶을 살면 우리 사회 전체가 건강해지는 겁니다."

부인으로부터 "평생 돈 안 되는 일로 바쁜 팔자"라는 애정 담긴 핀잔을 수십 년째 듣고 있는 그는 20여 년 전에는 마라톤 대회 의료자원봉사모임 '한국 달리는 의사들'을 결성해 2000년부터 2015년까지 회장을 맡았다.

우리나라 시민 마라톤과 역사를 함께 해 온 '한국 달리는 의사들'은 대회 주로(走路)에서 응급상황이 발생해 갑자기 쓰러진 주자들의 심폐소생술 등 응급처치를 하고, 구급차가 올 때까지의 '골든타임' 동안 환자의 생명을 구호하는 '레이스 패트롤' 개념을 창안했다. 2002년부터는 "1년에 하루는 이웃을 위해 달리자!"는 슬로건 아래 소아암 환우 돕기 서울시민 마라톤 대회를 개최하고 있다. 삼성서울병원과 신촌 세브란스병원으로부터 추천받은 환자들에게 수익금 전액을 1인당 300만~500만 원씩 치료비로 지원하는 순수 기부 마라톤 대회다. 지금까지 모금해 전달한 액수가 6억 원에 달한다.

'대한민국 100일 매일 달리기'는 이타적 달리기의 연장선상에서 이 원장이 주창하고 있는 프로젝트다. 누구든 하루 1km 이상씩 달리고 이를 주변 사람들과 SNS를 통해 공유하는 풀뿌리 매일 달리기 운동이다. '최소 1km'라고 기치를 내 건 것도 누구나 할 수 있다는 마음이 들게 하기 위한 것이다. 실제로 문지방을 넘어 운동화를 신기만 하면 1km보다 더 많이 뛰게 된다. 이 원장은 페이스북 달리기 모임을 만들어 본인의 달리기 및 의학 경험과 지식을 공유하면서 매일 달리기를 독려하고 있다.

보통 외과의사들은 달리다가 부상을 입어 찾아온 환자들에게 마라톤 같은 무리한 운동은 하지 말라고 권한다. 하지만 이 원장은 건강을 위해 달리기를 계속해야 한다고 말한다. "의사도 자기 경험이 중요한데, 운동을 안해 본 의사라면 본인이 경험할 기회가 없잖아요. 그러니까 환자들에게 일단 운동을 하지 말라고 하는 게 안전하지."

그의 처방은 무작정 달리라는 게 아니다. 달리는 의사답게 세심하고 체계적이다. 골절 수술 후 근 넉 달 만에 다시 조금씩 달리기 시작한 내게 내려준 처방은 이렇다. "1~2주 단위로 한 번에 10% 이내로 달리는 거리를 늘려나갈 것. 주 2회 근력 운동 필수. 주 1회 완전 휴식을 당분간 지키고, 먼저 거리를 충분히 늘린 다음 인터벌을 통해 속도 훈련을 할 것. 신발을 누적 마일리지 600~800km 사이에서 제때 교체하고, 쉰 기간의 2배, 즉 8개월에 걸쳐 이전의 상태로 회복하도록 여유를 가지고 꾸준히 나아가기 바람."

의사로서 환자에게 처방만 하는 게 아니다. 이 원장 본인의 달리기 일상은 언행일치 그 자체다. 지금도 서울 서초구 잠원동 집에서 그리 멀지 않은 이동윤 외과까지 뛰어서 출퇴근한다. 샤워시설이 따로 없기에 진료복장 그대로 정장에 넥타이 차림일 경우가 대부분이다. 언제 어떤 상황에서든 달리는 게 생활화돼 있다. "꼭 러닝복을 갖춰 입어야 달릴 수 있다는 것도 고정관념입니다. 생각이 자유로워져야죠."

출퇴근 거리가 그리 멀지 않기 때문에 부족한 거리는 짬짬이 진료실과 집안에서 추가로 달리고 걸으며 채운다. 점심시간 같은 자투리시간에도 인도를 따라 걷고 달린다. 그러다 보니 하루 러닝 거리만 매일 30km에 가깝다.

그럼 대체 한달에 얼마나 달릴까? 유난히 추웠던 2022년 1월에도 달린 거리가 929.4km에 달했다. 웬만한 아마추어 주말러너들의 1년 마일리지다. 평소에도 한 달에 600km씩은 달린다. 자동차 주행거리인지 러닝 거리인지 헷갈릴 정도다. 아마추어와 프로를 통틀어, 국내에서 평생 달린 거리가 가장 긴 러너일 것이다.

1997년 첫 풀코스 마라톤을 완주한 이래 마라톤 대회 참가 횟수는 수백 회를 넘어 세는 게 의미가 없을 정도다. 풀코스 최고 기록은 3시간 6분. 마라토너들이 흔히 '꿈의 기록'으로 일컫는 '서브3(마라톤 풀코스 3시간 이내 완주)' 욕심은 없었을까 궁금해졌다. "초등학교 4학년 때 집에서 혼나고 밥그릇 하나라도 줄여드려야겠다고 생각하고 가출했어요. 안 먹으면 죽겠지 싶어서 굶어 죽으려고 논바닥에 누워 있는데 모기떼에 얼마나 뜯겼는지, 너무 힘들고 괴롭더라고. 깨달음을 얻었지, 너무 괴로운 일은 하지 말자."

농반진반이었지만 그는 이제 기록이나 대회 참가에 연연하지 않는 경지에 올라서 오로지 주변에 선한 영향력을 나눠주는 러너의 삶을 살아가고 있다.

2

마라톤과 다이어트,
러너스클럽의 신발 250켤레 기부

많이 받는 질문 가운데 하나가 풀코스 뛰면 몸무게가 어느 정도나 주느냐는 것이다. 결론부터 말하자면 마라톤 풀코스 42.195km, 105리를 뛰는 게 아무리 힘들어도 갑자기 살이 확 빠지지는 않는다는 것이다.

보통 건강한 성인남자가 풀코스를 달리는 데 2500~2600kcal 정도의 열량을 소모한다고 한다. 나의 경우는 가민 워치로 측정하면 10km 달리는 데 650~700kcal 소모하는 걸로 나온다. 풀코스 뛰면 대략 2600~2800kcal 정도 소모하는 셈이다. 탄수화물 1g의 열량은 4kcal이고, 지방 1g의 에너지는 9kcal, 사람은 몸속의 탄수화물과 지방을 '태워서' 달리는데, 각각의 소모량은 운동능력이나 체질 등에 따라 다르다. 탄수화물을 모두 소모하며 풀코스를 달렸다면 700g, 지방만 모두 연소시키며 뛰었다면 300g 조금 넘는다.

풀코스를 뛰고 나면 2~3kg 정도 체중이 준다는 사람들이 많다. 달리는 동안 땀을 흘렸기 때문이다. 다시 말해 풀코스 달리기를 한다고 해서 진정한 체중감량 효과가 일어나는 게 아니고 '물살'만 일시적으로 빠지는 거다. 끝나고 나서 고깃집에서 영양 보충하면서 맥주 한두 캔 시원하게 마시면 원상복귀다. 작심하고 주로에서 수분 섭취도 최소화하고 뛰면 경기 직후 일시적으로 몸무게를 확 뺄 수 있다. 당연히 바보 같은 짓일 뿐만 아니라 위험한 일이다.

그런데 최신형 운동화 한 켤레에 눈이 멀어 그 위험하고 바보 같은 짓을 한 적이 있다. 2013년 10월 회사 앞 마라톤 용품 전문점 '러너스클럽'이 한 달에 체중을 3kg 빼면 운동화 값을 환불해준다는 정보를 입수했다. 비슷한 시기 글로벌 브랜드 헤드(Head)의 국내 본사가 똑같이 3kg 감량 이벤트를 했지만 개인이 운영하는 조그만 전문점에서 이런 이벤트를 하는 건 본 적이 없었다.

게다가 매출 규모가 큰 헤드의 이벤트는 가격이 상대적으로 저렴한 특정 상품의 마케팅과 재고처리라는 효과를 노린 반면 러너스클럽의 이벤트는 말 그대로 "묻지도 따지지도 않고" 어떤 브랜드건 얼마짜리건 본인이 신발을 고를 수 있는 것이어서 사람들 입맛을 몇 배나 다시게 만들었다.

아닌 게 아니라 광고도 하지 않고 순전히 문자나 페이스북 같은 '사적인' 경로로 알렸을 뿐인데도 강호의 '공짜 헌터'들이 구름처럼 몰렸다. 나 역시 후배 몇몇까지 부추겨 이벤트에 참여했다. "소소한 목표가 심신의 긴장을 팽팽하게 유지해준다"는 명분으로.

350켤레가 넘는 신발이 순식간에 팔려 나갔고, 결국 4일만에 판매를 중단해야 했다. 내가 보기엔 처음부터 주최 측이 이길(이익을 남길) 수 없는 게임이었다. "이런 분들 오시면 안 되는데……." 정민호 러너스클럽 사장도, 체중 100kg에 육박하는 손님들이 몰려드는 걸 보고 패배를 예감한 듯 했다. 이런 사람들은 몇 끼 굶고 화장실 개운하게 다녀오면 3kg은 하루에도 빠진다.

실제로 이벤트 개시 후 한 달이 지난 뒤 진행된 '계체량'에서는 일찌감치 3kg 목표를 초과 달성한 '승자'들이 줄을 이었다. "생각을 잘못했어요, 허허……." 마라톤 풀코스 최고기록 2시간 57분 42초의 '서브3' 주자이자 철인 3종과 트레일러닝을 즐기며 60kg이 채 안 되는 몸무게를 유지하는 정 사장에게는 3kg 감량은 쉽지 않은 목표로 보였을 터였다.

특히 그의 예상이 빗나갔던 건 이벤트 참여 고객층. 이 매장의 주된 고객은 건강에 본격적으로 신경을 쓰게 되는 40~50대인데, 이벤트가 시작되자 평소 구경하기 힘든 20~30대 젊은 이들이 구름처럼 몰려든 것. "12년의 영업기간 중 응대해봤던 20~30대 고객보다 더 많은 숫자의 20~30대 고객을 단 4일 만에 본 것 같아요."

'공짜 이벤트'에 목마른 대한민국 젊은이들의 응집력과 정보 공유능력을 과소평가한 거다. 사흘은 굶은 듯 매장에 거의 기어 들어오다시피 해서 체중을 재고는 돈을 돌려받고 나가는 젊은 이들을 볼 땐 속도 많이 상했을 법하다. "체중 감량 이벤트를 운 동의 계기로 삼는, 건강하고 상식적인 반응을 기대했는데 그냥 사행심만 조장한 게 아닌가 하는 후회가 들기도 했습니다."

이 말을 듣자 뜨끔했다. 말은 안했지만 나도 '비장의 무기'를 썼기 때문이다. 계체 당일 오전에 여의도에서 열리는 마라톤 대 회에 미리 참가 신청을 해뒀다가 완주한 것이다. 한 달간 식사 도 좀 자제하고, 휴일엔 평소보다 많이 달려 2kg정도 줄이긴 했 지만 마지막 1kg는 쉽지 않았다. 결국 마지막 '무기'에서 승부를 냈다.

가을답지 않게 섭씨 27도까지 오른 쨍쨍한 날씨 속에 물 마시 는 것도 최대한 자제하며 달리느라 거의 빈사상태가 됐다. 샤워 도 러너스클럽 앞 사우나에 가서 했다. 땀을 추가로 빼 화룡점 정. 그 상태 그대로 매장으로 직행, '-4.4kg'를 찍고 가볍게 환불 받았다. 회사 후배들도 일찌감치 무난히 성공했다. 전체 도전자 가운데 신발값을 돌려받은 이는 약 250명. 참가자의 70%에 달했다.

정 사장은 '무모한' 이벤트로 2000만 원이 훨씬 넘는 손실을 봤다. 점포 규모를 감안하면 적지 않은 돈이다. 타깃 고객층을 잘못 상정했고, 치밀한 시뮬레이션과 안전장치(1개월 유지조건이라든지 체중 비율에 따른 목표 설정)를 마련하지 못했던 점 등등, 마케팅으로 보면 실패한 이벤트였다.

하지만 눈에 보이고 손에 잡히는 것만이 비용과 수익은 아니다. "신발값 돌려받은 사람들이 그 운동화 신고 달리기 시작하면 사장님 본래 목적이 달성되는 거고, 그 사람들이 고객이 돼 저절로 매출도 올라갈 거예요"라고 건넨 위로의 말은 진심이었다. 부서 MT에 상품으로 내 걸 러닝화 두 켤레를 사는 것으로 미안함을 조금이나마 덜었다.

3

달리기와 돈 모으기, 일곱 가지 팁

아마추어 마라톤 붐의 초창기였던 1990년대 말~2000년대 초반, 마라톤 대회 참가자들의 연령대는 40~50대가 대부분이었다. 요즘 청년들 사이에 러닝 크루 문화가 핫해지면서 5km, 10km 대회는 연인끼리, 친구끼리 참가하는 20~30대 참가자들의 수가 압도적으로 많아졌다. 물론 하프코스에서는 연령대가 상당히 높아지고 풀코스와 그 이상 울트라 마라톤에 가면 여전히 40대 이상이 주류를 이룬다.

한창 나이의 청년들은 다른 할 일이 많기도 하겠지만 '꺾어진 100세'는 돼야 길거리로 달려 나가고 싶은 불덩이가 가슴 속에서 치솟아 오르는지 모르겠다. '꺾어져야' 어렴풋이나마 짐작하게 되는 일들이 적지 않다. 건강만큼이나 중요한 재산 모으기도 그렇다.

서울국제마라톤 42.195킬로미터를 달리며 "건강을 쌓기 위한 달리기"와 "부를 쌓기 위한 투자"의 공통점을 생각해봤다.(골인 지점이 다가올수록 더디게 가는 시간과 멀어만 보이는 거리를 단축시키는 데는 한 가지 생각에 집중하는 게 확실히 효과가 있다.)

경제기자로 일하면서 지켜본 많은 투자 사례들과 달리면서 느낀 생각들이 씨줄과 날줄이 됐다. 골인 이후 음식점으로 이어진 뒤풀이 자리에서 후배들에게 들려줬다.(별로 새겨 듣는 것 같지는 않았지만.)

하루라도 빨리 시작하라

한 살이라도 젊었을 때 좋은 습관을 들이는 게 중요하다. 20대에 달리기로 기초체력을 다져두면 어떤 운동이건 도전하는 게 겁나지 않는다. 자신의 육체만큼 훌륭한 놀이기구는 없다. 똑같이 한 번 사는 건데 자신의 육체를 이용해 최대한 많은 활동을 할 수 있다면 인생이 훨씬 풍요로워진다. 나이 들어서 달리기를 시작하는 건 초반 부상 위험도 크고 회복도 느리다.

투자도 마찬가지. 주식이건 채권이건 예금이건 부동산이건 심지어 보험도 젊었을 때 시작하는 게 가장 적은 비용으로 가장 많은 이익을 얻을 수 있다. 투자는 결국 시간과의 싸움이다. 남은 시간이 많은 사람은 기대수익도 높다. 사회생활 초년 연봉이 낮을 때만 들 수 있는 금융상품들도 있다. 적립식 주식투자는 20대에 시작할 수 있는 가장 효율적인 재테크다.

조금씩이라도 하라

흔히들 달릴 시간이 없다고 한다. 아침에 조금 늦게 일어나는 바람에 30분 정도밖에 여유 시간이 남지 않았다면 "이거 뛰느니 나중에 하지"라고 포기한다. 하지만 30분이 두 번이면 1시간이다. 한꺼번에 많이 하는 것보다 조금씩 자주 하는 달리기가 몸에는 더 보약이다.

자투리 시간이라도 틈만 나면 뛰고, 뛸 시간을 최우선으로 배정하고 나머지 시간에 다른 일을 한다고 생각하는 습관이 중요하다.

"몇 십만 원 '푼돈'으로 뭘 할 게 있겠어……"라고 생각하는 사람은 영원히 종잣돈을 모으지 못한다. 1000만 원의 시작은 100만 원이고, 100만 원의 시작은 몇 만 원부터다. 사회 초년생들은 월급에서 이것저것 떼고 나면 남는 게 없는데 그까짓 몇만 원, 몇 십만 원으로 언제 목돈을 모으고 집 장만 하겠느냐고 좌절한다. 하지만 눈사태도 처음엔 주먹만한 눈덩이에서 시작

된다. 최소한의 자금을 자기 손으로 마련해야 레버리지도 일으킬 수 있다.

무엇보다 틈만 나면 자투리 돈이라도 모으고, 모을 돈을 먼저 챙겨 놓은 다음 나머지를 쓰는 습관이 성공의 지름길이다.

과정 자체를 즐기자

달리기는 자기 몸을 '드라이빙'하는 놀이다. 놀이는 그 자체가 즐거움이라야 한다. 다른 목적을 가질 때 그건 '노동'이 된다. 오로지 살을 빼는 걸 목적으로 달리는 건 비참할 뿐 아니라 오래 가기 힘들다. 살이 조금 빠지면 달리기도 멈추게 되고 요요 현상이 몸을 덮친다.

증권 전문기자에 재테크 부장 직함까지 가져봤던 경험으로 보면, '과정'에 대한 확신 없이 그저 "돈을 벌 수 있다"는 목적으로 감행한 투자는 처절한 실패로 끝나기 쉽다. 어릴 적 돼지저금통에 동전을 하나둘씩 넣으면서 무게가 늘어나는 기분을 느꼈던 경험을 떠올려보자.

초반 오버페이스는 비극의 시작이다

많은 아마추어 러너들은 출발 총성이 울리면 마음이 급해진다. 다른 주자들이 등을 보이며 휙휙 지나칠 땐 조바심이 들어 발걸음도 절로 빨라진다. 하지만 자기 페이스를 지키면 후반부에 추월하며 그들 등에 적힌 이름이나 문구를 대부분 한 번씩 더 보게 된다. 후반 km당 스플릿 타임이 초반과 같거나 더 짧아야 제대로 된 러닝이다.

보통사람에게 제대로 된 투자의 기회는 대개 30대 후반이 넘어서 찾아온다. 그때까지 쌓아온 네트워크와 경험이 효과를 발하기 시작하는 시기가 그 무렵이기 때문이다. 초반 투자에 가진 걸 다 걸어서는 진짜 기회가 왔을 때 스퍼트 할 실탄이 남아 있지 않게 된다.

보다 멀리, 가보지 않은 길로 발걸음을 넓혀라

새로 달리는 길은 새로 만난 애인처럼 가슴을 두근거리게 만든다. 오래 멀리 달리려면 바람둥이처럼 새로운 길을 자꾸 겪어보는 게 좋다. 출장이나 여행 때 운동화를 챙겨 낯선 도시의 새벽을 달리는 것만큼 훌륭한 관광도 없다. 집 앞 주로도 조금씩 달리는 거리를 늘리고 새로운 코스를 개발해야 오래 멀리 달릴 수 있다.

투자 대상도 한 가지만 집착하고, 남들이 다들 하는 것만 해서는 좋은 결과를 내기가 쉽지 않다. 주식, 채권, 부동산 같은 자산의 투자기회는 시장 상황에 따라 순환하기 때문이다. "남들이 가지 않은 곳에 꽃길이 있다." 주식시장의 오래된 격언이다.

좋은 친구들을 주위에 둬라

러너들은 대개 '바이러스 보균자'들이다. 만나는 사람마다 달리기를 권하고 즐거움을 이야기한다. 이들의 경험과 조언은 나태와 오류를 줄여주는 훌륭한 자산이 된다.

직장 동료들끼리도 이른바 '회사 이야기'가 아닌 공통의 관심사를 갖고 어울리는 건 사회생활의 윤활유다.

마음을 나눌 수 있는 좋은 친구들은 자신이 갖게 된 투자기회를 함께 나눈다. 성공한 투자자들은 끼리끼리 어울리는 친구들인 경우가 많다. 물론 꼭 좋은 친구만 주변에 있는 건 아니라는 점을 명심하자. 정보를 나누고 기회를 나누는 걸 넘어 자신의 투자를 위해 돈을 빌려 달라거나 허황된 사기에 끌고 들어가려는 친구가 있다면 최대한 빨리 손절하는 게 삶을 지키는 길이다.

러너들은 달리기 바이러스를 퍼뜨리고 싶어 한다.
선배 잘못 만나 마라톤 대회 끌려 나왔던 후배들.
골인 직후 피니셔 하이(Finisher's High)를 즐기고 있다.
이들 중 몇이 계속 달리고 있을까.

자신만의 레이스를 하라

달리기가 매력적인 이유는 고독을 즐길 수 있다는 데 있다. 몇 시간을 온전히 혼자서 조용히 자신의 육체에만 몰입하는 '정화작용'이야말로 어떤 활동에서도 얻기 힘든 즐거움이다. 때론 동반주(走)를 즐기는 경우도 있지만 자신의 능력에 맞는 속도와 거리를 달리는 게 러너의 기본이다.

투자도 마찬가지. 자신의 자산 규모와 상황에 맞는 투자가 기본이다. 누구와 같이 공동 투자를 했다간 판단이 서로 엇갈려 갈등을 빚기 쉽다. 남의 기준에 따라 투자하다가 자신의 능력을 벗어나는 돈을 무리하게 끌어들여 투자하거나 다른 곳에 꼭 필요한 자금을 투자했다가 삶 자체가 피곤해 질 수 있다. 투자에 성공했더라도 돈이 필요할 때 '출구(Exit)'를 나서지 못해 손발이 묶이기 쉽다.

4

첫 풀코스 완주 영부인,
우리 딸들에게도 달리는 기쁨을

조 바이든 미국 대통령의 부인 질 바이든 교수는 직장을 그만두지 않았다. 미국의 첫 '투 잡' 퍼스트레이디다. 첫 기록은 또 하나 있다. 풀코스 마라톤을 완주한 첫 번째 퍼스트레이디다.

40세 즈음 처음 달리기 시작한 바이든은 47세 때인 1998년 해병대 마라톤 대회*에 참가해 풀코스를 4시간 30분 2초에 완주했다. 2초를 줄이려 이를 악물었지만 결국 '서브4.5'에 실패했다.

2008년 세컨드레이디가 돼 일정이 빠듯해지고 나이도 들어 풀코스를 더 이상 완주하지는 못했다. 하지만 이미 60대에 접어

---

* 오프라 윈프리가 1994년 4시간 29분 15초로 완주, '4시간 30분'이 한동안 마라톤 도전자들에게 '오프라 라인'으로 불리게 된 바로 그 대회다..

든 세컨드레이디 시절에도 〈러너스월드〉와의 인터뷰에서 일주일에 다섯 번을 달리고, 1마일(1.6km)을 10분에 뛰는 페이스를 유지한다고 밝혔을 정도로 '강한 여자'다.

퍼스트레이디가 되자 한 지지자는 '닥터 바이든' 트위터에 "다시 강하고 지적인 지도자(a strong, intelligent leader)를 퍼스트레이디로 맞게 돼 기쁘다"고 환영했다. (트럼프 대통령 시대에) 그런 역할을 해줄 여성을 잃어버린 상실감에 괴로웠다는 그는 이어 "(여성으로서) 미셸 오바마는 따라가기 벅찼지만 질 바이든은 여성들이 그 자체로 따를 수 있는 롤 모델"이라고 덧붙였다.

미국의 한 언론은 선거 직후 질 바이든과 부통령 카멜라 해리스를 조명하며 "조 바이든의 뒤에 있는 강한 여성들"이라는 제목을 달았다.("2020 US election: These are the strong women behind Joe Biden")

그는 강력한 정신적 지지대일 뿐 아니라 육체적으로도 아홉 살 연상의 바이든을 훌륭하게 지켜낸 경호원 역할을 해냈다. 대통령 선거유세 당시 로스앤젤레스의 선거유세장에서 단상으로 뛰어올라 바이든에게 돌진하는 채식주의 시위자 앞을 몸으로 가로막았다. 약 10초 뒤 또 다른 여성 시위자가 바이든을 향해 달려들자 이번에는 시위자의 팔목을 잡아채 밀어냈다. 남편을 육탄 방어하는 바이든 여사와 한 걸음 물러서서 놀란 표정으로 이를 바라보는 바이든의 모습은 웃음을 자아내면서도 '성

역할'에 대한 고정관념을 깨뜨린다.

바이든 여사 스스로도 'strong'이라는 단어를 즐겨 쓴다. 그는 인스타그램에 이렇게 적었다. "자라면서 나는 두 가지를 성취하고자 했다. 하나는 부모님이 그랬듯 강고하고(strong) 서로 사랑하며 웃음이 넘치는 결혼생활이다. 나머지 하나는 커리어(career)다. 바이든을 만나 두 가지는 물론 더 많은 것을 이뤘다."

그는 뉴저지 주 조그만 시골마을의 평범한 가정에서 태어났다. 명문대를 나온 것도 아니다. 29세 때인 1970년 꽤 유명한 운동선수 출신 사업가와 결혼했지만 4년 뒤 이혼한다. 지역 에이전트 소속으로 모델 일도 하는 등 스스로 학비를 벌어가며 델라웨어대학 영문학과를 졸업했다. 교통사고로 부인과 어린 딸을 잃고 홀로 된 바이든을 미팅에서 만나 1977년 재혼했다. 1981년 출산과 육아 때문에 2년을 휴직한 기간을 제외하고는 심리치료 병원과 공립학교, 커뮤니티 칼리지에서 계속 영어교사로 일했다. 2009년 이후에는 워싱턴 D.C.의 노던 버지니아 커뮤니티 칼리지에 재직 중이다. 학업과 육아를 병행하면서도 1987년에는 영문학 석사, 2007년엔 델라웨어대학에서 영문학 박사학위를 땄다. 대통령 선거 기간에야 마지못해(?) 한 학기 휴직하고 선거운동에 나섰을 정도로 남편과 자신의 삶을 철저히 구분해왔다.

건강한 신체와 강인한 체력은 남녀를 떠나 주체적 삶의 기본이다. 오랫동안 강인함보다는 '부드러움'을 여성성으로 주입받아온 여성들에게는 더욱 그럴 수 있다. 중년이 돼 달리기와 수영을 시작한 여성에게서 "격렬한 운동에 익숙해지니 밤길을 갈 때도 덜 무서워지더라"는 말을 들은 적이 있다. 남편은 남편이고 본인은 본인이라는 바이든 여사의 확고한 주관과 자신감의 배경에는 강한 체력이 상당 부분 기여하고 있을 거라고 생각한다.

근무 때문에 미국에 체류했을 때 가장 부러웠던 게 커뮤니티와 학교마다 활성화돼 있는 체육활동이었다. 아이들은 어렸을 적부터 계절에 따라 실내외 운동을 필수로 한다. 여학생들도 똑같이 한다.

초등학생이던 딸이 학교 소프트볼팀 대표 유니폼을 입고 방망이를 휘둘러 안타를 쳤을 때의 기쁨은 해태 타이거즈의 한국시리즈 우승 때보다 더했다. 동네 축구 대표로 1년 내내 공만 쫓아 다니다가 드디어 원정 경기에서 넣었던 한 골의 감격은 손흥민의 EPL(잉글랜드 프리미어 리그) 득점왕에 비할 바가 아니다.(비록 골 앞에 서 있다가 굴러온 공에 얼결에 발을 갖다 댄 것이지만.) 초등학교 때 구기 종목을 접한 덕에 딸은 운동신경이 뛰어난 게 아닌데도 국내 중고등학교에 다닐 때 여학생 중에 '운동권'으로 꼽혔다. 대학 들어가서도 조정팀에서 고된 합숙훈련을 견뎌내고 전국대회에서 3위를 한 게 '올 A학점' 받은 것보다 자랑스럽다.

딸아이와 같이 하루 종일 달리기하고 수영하고 보트타고 자전거를 탔던 기억은 내 인생에서 가장 행복했던 순간으로 남을 것이다. 집 안팎 남자들을 우습게 보는 경향이 있지만 그 정도는 감수할 만하다.

우리나라도 지금은 남학생들이 가정시간에 뜨개질을 배운다. 좋은 일이다. 마찬가지로 여자 아이들에게도 어려서부터 체육시간에 축구 농구 소프트볼 같은 구기와 태권도 같은 체력단련 운동을 가르쳐야 한다. 언제까지 여자애들은 피구하고 피아노만 배워야 하는가. 우리사회와 정치권, 정책담당자들이 대학입시에만 정신을 팔고 논란을 벌일 게 아니라 이런 문제를 진지하게 고민했으면 한다.

직접 김장 담그고 맛깔 나는 요리를 주변에 대접하는 자상한 퍼스트레이디도 좋지만 딸 가진 아빠로서 앞으로는 '강한 여자' 롤 모델을 더 많이 보고 싶다.

물론 여학생한테만 관심 갖자는 건 아니다. '차별 없는 학교 체육'을 정상화하자는 말이다. 입시와 관련 없으면 수업이 제대로 안 되는 현실을 감안해 대학입시에 체력장 점수를 부활해 달리기와 턱걸이, 윗몸일으키기 같은 기초체력 운동을 익히게 하자. '강한 여자, 강한 남자'가 넘쳐나는 나라가 건강한 나라다.

"체력은 국력!"

5

영원히 길 위에 남은 울트라 러너들

세월 앞에 장사 없다. 아무리 체력 관리를 잘하고 체계적이고 효율적인 러닝을 생활화한다 해도 50~60대에 접어들면 속도가 느려지기 마련이다. 마라톤 풀코스 완주 시간이 점점 길어진다. 아무리 기록이 중요하지 않은 아마추어 러너라고 하지만 기록을 단축하는 재미가 사라지면 의욕도 감소한다. 호모 큐로스(러너스)에게는 '시간'을 대체할 새로운 동기부여가 필요하다. 그게 거리다. 그들 앞에는 42.195km 풀코스 이상의 거리를 달리는 울트라 마라톤의 길이 놓여 있다. 50km, 100km, 200km를 넘어 국토 횡단, 국토 종단, 심지어 대륙 횡단까지.

울트라 마라톤이나 울트라 트레일러닝을 일컫는 또 다른 표현은 인듀어런스런(endurance run), 즉 극한의 상황을 견뎌내며 육체의 한계를 뛰어넘는 달리기다. 달리기에서도, 인생에서도 간난신고(艱難辛苦)를 겪은 이들이 접어드는 구도(求道)의 과정이다. 울트라 마라톤 대회 참가자들의 주력 연령대가 50~60대인이유도 여기에 있다.

그런 구도자들이 한꺼번에 참변을 당하는 비극이 있었다.

2020년 7월, 부산 태종대를 출발해 국토 종단 537km에 도전했던 세 명의 러너들이 400킬로미터를 지난 지점에서 새벽 음주운전 승용차에 치여 숨졌다. 50대, 60대에 이르는 동안 측정할 수 없는 거리를 두 발로 달린 울트라 러너들이었다. 국토 횡단과 종단 대회도 처음이 아닌 베테랑들이었다. 울트라 마라톤 주로에서 나도 이분들 곁을 한번쯤 스쳐 지나갔을 거고 함께 화이팅을 외쳤을지 모른다.

러너는 길에서 눈을 감는 게 최고의 행복이라지만 음주운전 자동차에 그렇게 황망하게 쓰러져서는 안 되는 일이다. "러너의 3대 적은 개, 자동차, 의사." 그 중에 제일 위협적인 건 자동차다. 차는 사람이 모는 것. 결국 사람이 문제다. 혹자는 왜 그 새벽에 뛰느냐고 비난하기도 한다. 하지만 대한민국에서 달릴 수 있는 땅, 이쪽 끝에서 저쪽 끝까지 뛰는 국토 종단과 횡단은 울트라 러너들에겐 마지막 버킷리스트다.

대한울트라마라톤연맹(KUMF) 주관으로 보통 1년에 국토 종단과 횡단 대회가 한 번씩 열린다. 횡단 대회는 강화 창우리에서 강릉 경포대까지 311.7km(시간제한 64시간), 종단 대회는 부산 태종대에서 임진각까지 537km(127시간) 혹은 해남 땅끝-강원 고성 구간 622km(150시간)다. 짧게는 2박 3일, 길게는 6박 7일 동안 '달려야' 하는 것이다. 사고를 당한 희생자들도 사흘을 달려 목적지 파주 임진각까지 124km를 남겨두고 있었다.

적어도 100km 이상 울트라 마라톤 대회는 여러 차례 뛰어본 사람들이 도전하기 때문에 50대나 60대 참가자들이 주류를 이룬다. 국토 횡단은 "100km 이상 울트라 대회 완주자," 국토 종단은 "200km 울트라 대회 혹은 국토 횡단 308km 완주자"로 참가자격이 제한된다. 이 때문에 명칭은 대회지만 100명 안팎의 마니아만 도전하는 '서바이벌' 테스트다. 이번 대회 참가자는 75명이었다.

구간별 제한시간 내에 체크포인트(CP)를 통과해야 하기 때문에 쉬엄쉬엄 걸었다간 탈락이다. CP 이외 장소에서 타인의 지원을 받아선 안 되고 숙박업소나 사우나, 찜질방 같은 곳에 들어가 잘 수 없다. 대회 코스는 대개 국도를 따라가게 돼 있어서 위험이 적지 않다. 이번 사고처럼 음주 난폭 운전도 위험하지만 수면부족으로 졸다가 깜빡 길 가운데 쪽으로 들어가거나 길 가로 굴러 떨어질 위험이 늘 함께한다. 실제로 이 사고 이전에도 비슷한 사고가 없지 않았다.

그렇지만 왜 새벽에 국도에서 뛰느냐, 에스코트 차량도 없이 대회를 하느냐며 피해자와 주최 측을 탓하는 것은 온당치 않다.

범죄 피해자에게 '당할 짓을 했지 않느냐'는 것과 마찬가지다. 자동차 전용도로가 아닌 이상 운전자는 길옆을 지나는 사람과 자전거 등을 주의해서 운행해야 할 의무가 있다. 울트라 마라톤 주자들은 등에 몇백 미터 밖에서도 보이는 경광등을 달고 뛴다. 앞차 브레이크 등과 다르지 않다.

운전자가 이걸 보지 못할 정도라면 러너가 아니라 뭐라도 들이받을 상태였을 것이다. 100km 대회 정도라면 에스코트도 어느 정도 가능하지만 수백 km 달리는 대회를 도로 통제하면서 실시할 수도 없는 노릇이다. 차 다니는데 왜 사이클 타냐고, 떨어질 수 있는데 왜 암벽등반하냐고 할 수는 없는 일이다.

실제로 사고현장 사진을 보면 차가 씽씽 달릴 만한 허허벌판도 아니고 상점과 주택이 늘어서 있고 갓길도 있는 편도 2차선 도로였다. 세 명의 러너들은 바로 직전 중간 보급소에서 잠시 휴식을 취한 뒤 함께 차도가 아닌 갓길로 지극히 정상적으로 달리고 있었다. 보통 운전자라면 사고를 낼 곳이 아니다. 아니나 다를까 사고 운전자는 면허 취소 수준의 음주 상태였다.

마지막 순간까지 두 발로 굳건히 땅을 딛고 달리다 돌아가신 세 분의 명복을 빈다.

아이들에게 줄 유산,
아이들로부터 받은 선물

물려줄 변변한 재산도 없는 아버지는 운동하는 습관과, 함께 달렸던 기억을 가장 큰 유산으로 남기고 싶다. 실은 내가 남겨주는 게 아니라 아이들이 나에게 준 선물이라는 게 정확한 말 같다. 다행히 어렸을 적부터 운동을 가까이 했던 덕에 같이 땀 흘렸던 기억이 적지 않다. 함께했던 과거 기억들이 현재와 미래를 살아낼 양식이 된다.

이미 많은 날들을 써 버린 게 아쉽다. 아이들도 같이 노는 데 흥미를 느낄 나이가 지났다. 남은 나날들이라도 알뜰히 쪼개 쓰는 수밖에.

딸과의 '철인 3종,' 아들과의 동반주

핀란드에서 딸과 둘이서 걷고 달리고 노 젓고 페달 밟고 헤엄 쳤다. 교환학생으로 2018년 여름, 난생 처음 장기간 집 떠난 딸이 제대로 정착하는지 돌봐준다는 명분으로 따라갔을 때의 일이다. 원스톱 저가항공을 회사 복지포인트 카드로 계산했다. 포인트의 위력을 이때처럼 실감하긴 처음이다. 내가 이 조직에 이만큼 포인트를 쌓긴 쌓았나 하는 의문이 들기도 했다. 개강 전이라 비어 있는 기숙사 아파트 바닥에서 침낭 깔고 지내는 난민 생활이었다. 집에서 먹는 것이라곤 샌드위치와 전자레인지에 데운 1회용 음식뿐. 대학생 시절 자취생활로 돌아간 기분이었다.

도착한 지 이틀째 되는 날, 트레일 워킹 & 런닝 2시간, 카누 1시간, 산악자전거 10킬로미터 2.5시간, 호수 수영까지 '철인 3종 메뉴'를 즐겼다.

핀란드 헬싱키에서 버스 타고 한 시간 정도면 가는 눅시오 국립공원. 일본 영화 〈카모메식당〉에서 주인공이 버섯을 한 가방 따온 곳이다. 버섯은 우리 눈엔 안 보였지만 블루베리는 천지였다. 길 잃은 것도 잊고 자전거 팽개쳐 놓고 정신없이 따고 먹었다. 비닐봉지에 한 주먹 넣어둔 건 나중에 허기져 버스 기다릴 때 요긴하게 먹었다. 핀란드는 "자연의 것은 누구나 같이 나눈다"는 ER(Everyman's Right) 원칙이 관습으로 통용된다. 남의 땅에서도 아무나 버섯, 베리 이런 거 채취 가능하다.

땅은 넓고 인구는 적은(500만 명) 나라, 노키아폰이나 앵그리 버드 같은 글로벌 히트상품 하나만 터져도 먹고 살 만한 나라에서나 지속가능한 원칙일 것이다. 우리라고 땅 넓고 곳간 가득하고 딸린 식솔 없으면 인심 안 날까. 국민소득 4만8000달러 나라의 부러운 여유다.

자작나무와 소나무가 하늘을 찌르는 숲길은 걷기만 해도 건강해지는 느낌이다. 걷기만 하는 게 아까워 중간중간 달렸다. 나뭇잎과 이끼, 부드러운 마사토가 이어지는 땅바닥이 카페트 같다. 전날까지만 해도 섭씨 30도에 달하는 이상기온이었다는데 숲속은 벌써 가을이다.

호숫가에 직원 두 명 있는 오두막 안내소가 나타난다. 한 시간 카누를 빌렸다. 20유로. 정박용 밧줄과 물 퍼내는 조그만 바가지 하나 건네주고는 알아서 타란다. 호수에서 길을 잃거나 카누 갖고 도망갈 수도 없는 일이고, 구명조끼 줬으니 물에 빠지건 말건 그건 자기 책임이라는 것이다. 한적한 호수 위를 노 닿는 대로 미끄러지듯 떠다니는 자유를 누렸다.

뭍으로 나와 팻바이크*를 두 시간 50유로에 빌렸다. 지도 하나 받아서 트레일로 접어들었는데 그냥 비포장 정도가 아니다. 오

* Fat Bike: 타이어 폭이 최소 3인치 이상으로 MTB보다도 훨씬 두꺼운 험지 용 자전거.

토바이 바퀴 자전거가 필요한 이유를 금방 알게 된다.

베리 따고 길 잃고. 산악자전거가 익숙하지 않은 터라 나도 힘들고 겁나는 구간이 적지 않았는데 잘 따라온다. 명색이 전국 대학 아마추어 조정대회 3위 팀 멤버였다는 거 깜박했다. 초등학교 4~5학년 때 자전거 타고 학교에 다니기도 했다. 어려서 이것저것 조금씩 운동 교육시킨 효과다. 아이들 키우면서 가장 잘한 일 중 하나다. 지도를 잘못 읽은 탓에 2시간 30분을 넘겨 겨우 베이스로 귀환했다. 사람 좋은 청년 주인장이 오버 차지 안 하겠다고 한다.

이 나라 사람들 맨정신일 땐 대체로 친절하고 멀쩡하다. 근데 낮부터 일찍 취해 돌아다니는 사람들이 많다. 1930년대 금주령의 영향이 남아 밤 9시 이후엔 알코올 도수 3퍼센트 넘는 주류는 마트에서도 팔지 않는다. 그래서 아예 일찍 시작하는 모양이다. 지하철에서 게워내고 길가에 오줌 누고 광장에서 소리소리 지르는 모습에 익숙해지는 데 하루면 족했다. 겨울엔 백야가 지속되는 날씨 탓도 있겠지만 역사적으로 러시아의 속국으로 살아야 했던 데다 2차 세계대전 때는 독일 편을 들어야 했던 '낀 나라' 피압박 민족의 역사가 응어리진 것이라고 짐작한다.

호숫가 둘레엔 야영, 바비큐, 수영할 수 있는 곳들이 곳곳에 있다. 패어진 장작이 오두막에 쌓여 있다. 아무나 가져다 불을 피우고 음식을 할 수 있다. 물가라고 해도 수심이 어른 키를 훨씬 넘는데 서너 살밖에 안 돼 보이는 아이들이 겁 없이 뛰어들고 부모는 옆에서 지켜만 본다. 우리 아이들한테도 어려서 수영 가르쳐준 게 부모로서 칭찬받을 일 중의 하나라고 생각한다. 나도 30대 중반 뒤늦게나마 수영을 시작해 오픈 워터에 뛰어들 수 있게 된 게 인생에서 몇 안 되는 잘한 일이다.

마침 햇살이 다시 내비친다. 사이클로 피곤해진 근육을 찬 물로 달랬다. 잠시 머뭇거리던 딸아이도 수영복으로 갈아입고 첨벙했다. 탈의실도 따로 마련돼 있지 않았다. 우리 농촌 헛간처럼 생긴 널따란 화장실 한 켠이 탈의실 겸 화장실이다. 이천 설봉공원 저수지 물과 냄새나 맛이 비슷하다. 이곳도 이상기온이라 빙하호다운 차가움은 느껴지지 않았다. 수초가 많고 바닥이 진 호수라 시계는 제로지만 한강물처럼 비릿한 냄새는 나지 않는다.

오후 6시가 돼도 하늘은 대낮이다. 여름엔 10시쯤 돼야 겨우 어두워지는 북구 나라라는 게 실감난다. 이렇게 무공해 신재생 태양에너지를 여름 내내 듬뿍듬뿍 누리고 살아왔으니 남성 평균 키가 180센티미터나 되나 보다. 여성도 나보다 큰 사람이 훨씬 많다.

숲에 남아 밤이라도 지새고 싶었지만 버스 끊기기 전에 돌아와야 했다. 버스 타는 곳까지도 한 시간을 또 걸어야 했다. 피곤하기보단 아쉬움이 더했다. 하지만 막상 정류장에 도착해선 털

썩 주저앉는 딸아이를 보니 내 기준에 맞춰 강행군을 시켰다는 걸 뒤늦게 깨달았다. 그래도 잘 버틴다. 어느새 이렇게 컸구나. 대견하다. 나 역시 아직 버틸 수 있는 체력이 돼 다행이었다. 숙소로 돌아오니 밤 9시가 넘었다. 레토르트 리조또와 볶음밥으로 늦은 저녁. 꿀맛이었다.

딸과 단 둘이 일주일 같이 보내는 거 그때가 평생 처음이었다. 아마 마지막일지 모른다. 일주일간 딸하고 애인처럼 붙어 다녔다. 그리고 마지막 날 쫑난 애인처럼 싸우고 인사도 없이 돌아왔다. 집에 들어온 벌레 잡다가, 애들처럼. 그 기억도 웃음을 떠올리게 한다.

철인 3종까지는 아니어도 아이들과 가끔은 보조를 맞춰 땀을 흘렸다. 군에서 휴가 나온 아들이 하고 싶은 일 중 하나가 "아버지와 같이 달리기"였다. 함께 5km를 달리고 5km를 산책했다. 군대 가기 전까지만 해도 아빠의 속도를 따라잡지 못했던 아이가 시속 12~13km 속도를 내며 달린다. 따라가려니 다리가 아팠다. 나중에 알고 보니 그때 이미 발목 피로골절 상태였다. 하지만 아들이 휴가 나와서 같이 달리자는 데 골절이 대수랴.

아들한테는 풀코스 완주하면 100만원 주겠다고 상금까지 걸어 놓았다. 그다지 혹하지 않는 거 같아서 4시간 30분 이내 완주하면 150만 원, 4시간 이내 완주면 200만 원으로 보너스까지 추가했다. 대학 1학년 때 약속이지만, 지킬 생각이다. 대학생한테,

재벌도 아닌 아버지가 이 정도 내걸었으면 1981년 코오롱그룹 이동찬 회장이 2시간 10분 돌파에 1억 원 내걸었던 것만큼 파격적인 인센티브 아닌가.

내가 아들 나이인 스무 살 때부터 달렸더라면 인생이 훨씬 풍요로웠을 거다. 건강한 신체뿐만 아니라 머리도 핑핑 돌고 의욕도 넘쳐서 더 많은 도전을 할 수 있었을 것 같다. 우리 아이들뿐만 아니라 모든 아이들에게 돈 줘가면서라도 등 떼밀고 싶다.

온가족이 함께한 노스베일런 5k

마라톤 대회 나가 보면 가족의 소망을 티셔츠에 적고 뛰는 가장이 적지 않다. 주로 "아들 000, 합격 기원"처럼 입시와 관련된 내용이 많다. 실제로 대회에서 많이 지쳤을 때 가족을 떠올리면 힘이 난다는 사람이 많다. 자고로 가족을 건사하는 가장은 육체적 능력에 플러스 알파가 생기게 마련이다.

내 생애 가장 열심히 달렸던 대회 중 하나도 그랬다. 2009년 4월 26일 미국 뉴저지 주 버겐카운티 제일 북쪽 구석의 조그만 마을 노스베일(Northvale)에서 열린 겨우 5km 코스의 노스베일런이다.

이탈리아계 이민 후손이 주류를 이루는 인구 4500명, 1200가구 규모의 조그만 동네다. 인구 가운데 한국계가 15%로 백인 (70%) 다음으로 많은 곳이다. 이 마을 학부모 모임(PTO)이 "배움을 위한 연대(Laces for learning)"라는 기치를 내걸고 그해 처음 달리기 대회를 열었다.

특파원으로 근무한 지 1년 반 남짓 됐던 때였다. 미국 사회는 학부모들이 방과 후 교육이나 학교 교과 프로그램에도 직접 참여하는 등 PTO가 매우 활성화 돼있다. PTO 모임이 학교에서 자주 열리고, 기여도가 큰 학부모들이 영향력도 클 수밖에 없다. 아무리 적극적으로 참여한다 해도 잠시 머물다 가는 이방인 학부모가 지역사회에 동화되기는 쉽지 않은 터였다. 초등학교 다니던 두 아이 눈에도 부모들은 그다지 존재감이 없어 보였을 것이다. 더구나 이사온 지 1년쯤 넘어가면서부터는 영어 실력도 자기들이 부모를 추월하고 있다는 생각을 갖게 됐음이 역력해 보였다. 이들에게 아버지의 존재감을 보여주고, 학교에서 우리 가족의 자긍심을 줄 수 있는 절호의 기회가 온 것이다.

내게는 "Laces for learning"이 아니라 "Race for family"였다. 가족 앞에서 가장은 강해진다. 신발 끈을 질끈 묶고 틈날 때마다 동네를 달리기 시작했다. 워낙 작고 조용하고 '큰 일'이 없는 동네인지라 길에 누가 지나가는지도 관심거리가 된다. 달리다 보면 커튼을 젖히고 슬쩍 내다보는 시선들이 느껴졌다. 차를 타고 지나가는 사람들도 웬 동양 남자 하나가 반바지에 러닝셔츠 입고 틈만 나면 동네를 휘젓고 다니는 걸 자주 목격했을 것이다.

혼자서 달리기 하는 걸로 부족해서 뉴욕마라톤클럽(NYRRC)에도 가입했다. 우리로 치면 서울마라톤동호회다. 여기 가입해야 뉴욕마라톤 출전 추첨에 응시할 수 있는 기회가 주어진다. (가족들하고 시간을 보내는 게 첫째 우선순위인 일요일에 모임이 열려서 딱 한 번밖에 나가보진 못했다.)

동네만 휘젓고 다닌 게 아니다. 허드슨강 동쪽 뉴저지 팰리세이드 절벽 아랫길을 거쳐 조지 워싱턴 브릿지(GWB)를 건너 맨해튼 서쪽 허드슨강 산책로를 연결하는 LSD(Long Slow Distance, 천천히 오래 달리기)도 여러 차례 했다. 허드슨강 서쪽, 우리로 치면 한강 고수부지 같은 곳인데 주변 환경이나 시설, 도로 상태는 한강에 훨씬 못 미친다.

대공황 직후인 1931년 완공된 길이 1451미터의 GWB(한국 사람들이 부르는 이름은 '조다리')는 중간에 올라서면 왼쪽으로 엠파이어 스테이트 빌딩을 필두로 미드타운의 스카이라인이 윤곽을 드러낸다. 다리 아래로는 요트들이 오가고, 더 멀리로는 자유의 여신상까지⋯⋯가장 뉴욕다운 풍경화가 완성된다. 9.11 이후 윗다리(Upper Bridge) 양쪽에 설치된 인도 가운데 북쪽 인도는 늘 폐쇄돼 있다. 처음 오는 사람은 들어가는 입구 찾기가 쉽지 않다. 한국 사람 중에 그 다리를 달려서 건너본 사람은 별로 없을 듯하다.

2009년 4월 미국 근무 당시,
뉴저지 주 노스베일런 5km 대회에서 달리고 있는 아들과 동네 아이들.
어릴적 단거리 달리기 대회에 참여하는 기회를 자주 접한 아이들에게는
스스로 기초체력을 기르는 습관이 몸에 배어 있을 것이다.

그렇게 한 달쯤 맹훈련한 끝에 드디어 대회 날을 맞았다. 아이들 가진 동네 사람들은 거의 다 몰려 나왔다. 우리 가족 4명도 모두 대회에 출전했다. 출발 신호와 함께 페이스 조절 이런 거 없이 그냥 달려 나갔다. 2년 넘게 대회 한 번 참가하지 않았던 터라 단기간의 맹연습에도 불구하고 속도가 생각보다 나지 않았다. 늘 달리던 동네길인데도 5km가 꽤나 멀게 느껴졌다. 길옆에서 "RUN~"하고 응원해주는 동네 아저씨들 목소리도 들리지 않았다.

처음엔 "촌동네 뜀박질 대회 정도야 당연 우승이지……"라고 생각했다. 내 앞엔 아무도 보이지 않아야 정상인데. 그게 아니었다. 아들녀석 친구 아버지이자 이 동네 의용소방대장인 장의사 피지는 지역 유지답게 여기저기 인사도 하고 싱글싱글 거리면서도 나보다 한참 앞서 갔다. 나이도 한참 들어 보이는 노인장 한 명은 레이싱 싱글렛까지 갖춰 입고 나온 게 범상치 않다 싶더니 나를 제치고 나갔다.

이러다가 우승은커녕 순위권에도 못 들겠다는 생각에 마지막에 이를 악물고 앞선 주자들을 제쳐 나갔다. 21분 39초. 그 이전에는 내 본 적이 없는 속도다. km당 4분 20초 속도니까 나로선 죽을 힘을 다해 뛴 것이다. 1등은 옆 동네에서 원정 온 36세 러너가 19분 29초로 골인했다. 시골동네 뜀박질 기록으로는 만만찮은 기록이다.

가족들이 노스베일런 대회가 끝난 뒤
수상메달과 트로피를 들고 즐거워 하고 있다.

결국 전체 5등, 연령대별(40~49세) 1위, 노스베일 주민 중에서는 3등으로 주민시상 동메달을 받았다. 메달을 주면서 시장(우리로 치면 읍장)이 "I know, it's You(나 알아, 당신이군)"하고 아는 체를 한다. 이 지역 오랜 유지인 이 친구도 커튼 뒤에서 날 자주 봤나 보다. 아내는 여성 연령대별(40~49세) 4위를 했다. 딸과 아들도 어린이 부문 1, 2위로 메달과 트로피를 받았다. 하지만 알고 보니 날이 더워서 아이들에겐 5km가 무리라는 주최 측의 판단에 따라 중간에 코스를 단축하면서 순위가 엉망이 됐다. 가족회의 끝에 트로피는 반납하고 메달은 기념으로 간직하기로 했다. 여하튼 그날 우리 가족은 메달과 트로피를 들고 '스트롱 코리안 패밀리'의 면모를 과시했다.

아버지가 이역만리 타국에 온 이방인으로서 그나마 잘하는 게 있음을 보여준 뿌듯함은 물론 나만의 생각이었다. 아이들은 그 뒤로도 그다지 아버지에 대한 존경심이 커진 것 같아 보이지 않았다. 그런들 어떤가. 지금도 웹사이트에 그날의 기록이 올라가 있다.